KB181859

한국 희곡 명작선 13

허난설헌

한국 희곡 명작선 13

허난설헌

선욱현

평민사

선
욱
헌

허난설헌

등장인물

허난설헌	1563~1589. 조선 중기 여류 시인.
허균	1569~1618. 난설헌의 동생.
시어머니	난설헌의 시어머니, 송씨.
김성립	1562~1592. 난설헌의 남편.
강릉댁	난설헌의 유모. 강릉 사람.
허엽	1517~1580. 난설헌의 아버지.
허봉	1551~1588. 난설헌의 작은 오빠.
이달	1539~1612. 난설헌의 시 스승.
버들이	10대 후반. 난설헌 시댁 종.
서왕모	난설헌의 환상에 나오는 신선 여인.
여아종	난설헌 시댁의 여자아이 종.
이화	기생.
김첨	1542~? 난설헌의 시아버지. 임진왜란때 졸(추정).
김씨부인	난설헌의 친정엄마. 강릉 김씨.
돌석아범	시댁 행랑아범.
허성	1548~1612. 난설헌의 (배다른) 큰 오빠.
아이	아역 난설헌. 8세를 연기.
균	아역 허균. 9세를 연기.
오명제	명나라 사신.
	난설헌의 시를 처음 중국에 전파하게 되는.
하인	물고기를 가져오는 허씨 댁 하인.
남정네1, 2	허씨 집안 하인들.
아낙	허씨 집안 여자 하인.
여자아이	허씨 집안 어린 여자 하인.
노수신	1515~1590. 허엽의 가장 친한 벗으로 영의정까

지 오른 인물.

기생1, 2	이화의 기생집 기생들.
유생1, 2	이화의 기생집을 찾아간 김성립의 친구들.
아낙2, 3	시댁 여자 하인들.

허씨집 하인들, 시댁 하인들, 기생들, 선녀들…

때

1570년, 난설헌 8세 때부터 1598년 허균이 난설헌의 시를 전하던 때까지

장소

한양성 허씨댁, 시댁, 난설헌의 방, 기생집, 강릉 반곡서원

프롤로그

자막

1598년(선조 31), 한양성 허균의 집

한양성 건천동, 허균의 집 앞 마당.

그녀가 떠난 지 벌써 8년이 지났다. 잊힐 만도 한데.

때는 초봄, 하지만 추위가 아직 기세등등하다.

서른 살의 병조좌랑[1] 허균은 마음이 분주하다. (아직 관복을 입고 있다)

마당을 오가며 초조하다. 누군가를 기다리면서도 그의 날카로운 눈이 오가는 하인들의 일거수일투족에 바짝 신경을 쓰고 있다.

누군가는 허균을 힐긋거리며 마당을 쓸고 있고, 누군가는 벌써 안방에 상을 차리고 있다.

젊은 남자 하인 한 사람이 솟을대문을 통해 뭔가를 망태에 담아 가지고 들어온다. 부엌 쪽으로 가려 한다. 허균이 놓치지 않는다.

---

1) 조선시대 병조(兵曹)에 둔 정육품(正六品) 관직으로 정원은 4명이다. 위로 병조판서(정2품), 병조참판(종2품), 병조참의(정3품 당상), 병조참지(정3품 당상), 병조정랑(정5품)이 있다.

허균 이것 봐

하인 (급히 다가가 조아린다) 예.

허균 뭔가?

하인 예, 손님맞이에 쓸까 하구요…

허균 그래, 그게 뭐냐구?

하인 물고기입니다. 제가 친한 어부 녀석한테 부탁해서 펄펄 살아있는 놈으로 구했습니다…

허균 부엌 어멈한테 얘긴 들었지?

하인 예? 뭘요…?

허균 대륙 사람들은 활어를 먹지 않어! 부엌 어멈한테 가져 다주면 알아서 할 걸세. 가 봐. 물도 냉수라선 안 되고 반드시 차를 준비해야 하고… 가 봐…

하인 예예…

하인, 나간다.
대문으로 허성(51세, 경리도감[2]) 들어온다. 허균의 큰 형님이 다. 역시 관복 차림이다.

허균 (인사한다)

허성 오셨나? 아직인가? (둘러본다) 음식은 잘 준비했고?

허균 (찜찜하다) … 예, 한다고는 했는데.

허성 긴장되어 보인다.

---

2) 중국의 장군들을 접대하는 직책. 자연스럽게 중국사신 오명제를 접하여 허균에게 소개하게 된다.

허균 제가요? 아닙니다.

허성 호방하고 박력 있는 병조좌랑 허균 나으리가 아닌데? (미소)

이때, 명나라 사신 오명제가 등장한다. 수행원으로 보이는 둘과 함께이다.
허균과 허성, 나아가 맞이한다.
허균, 사신을 보자마자 땅바닥인줄 모르고 절을 올린다.

오명제 (예의로) 허좌랑, 왜 이러십니까! 전 그저 심부름꾼, 하급 관료입니다.

허균 그 심부름을 명한 이가 누구입니까. 조선의 시를 모아 오라는, 황제폐하의 명을 받들고 계신데 그 직책의 고저를 따지겠습니까? 영광입니다! (다시 머리를 숙인다)

오명제 일찍 나오려고 했는데, 장군들이 심각한 전황을 나누기에 잠시 듣다가 늦어졌습니다.

허성 어떻습니까?

오명제 임진년 난리가 작년 협상으로 마무리 될 줄 알았는데 결국 제8군까지 해서 왜군 14만 명이 조선으로 건너왔습니다. 피바람을 각오해야 할 것 같습니다.

허성 (한숨을 쉰다)

오명제 (허성을 가리키며) 경리도감님을 통해, 조선에도 부녀자의 시가 있다는 사실을 듣고 놀라고 반가웠습니다. 지금까지 조선에서 부녀자의 시는 단 한 수도 만나지를 못했으니까요.

허균 내방 가사라고 하여 짓는 이들이 있지만 서책으로 묶이
지도 않고 입에서 입으로 옮기는 정도입니다. 대부분은
언문이며 한시는 귀합니다.

오명제 좌랑의 누이께서는 한두 편도 아니고 … 천편을 넘게
지었다고 들었습니다. 솔직히 믿기지가 않았습니다. 하
루바삐 약속을 잡아 달라 청하였습니다. 혹시 오늘 제
가 그 누이를 직접 뵐 수도 있습니까? 누이 나이는 어
찌 되십니까?

허균 (허성을 본다)

허성 (허균 쪽으로) 어… 얘기 못 했다. 말할 기회가 없었어.

오명제 예? 무슨…

허균 누이는 돌아가셨습니다.

순간, 오명제 심사가 불편하다.

오명제 … 조선 최고의 여류시인을 만난다 해서 만사를 제치고
달려왔는데… 당혹스럽습니다.

허성 죄송합니다. 미리 말씀 드리지 못 해서.

허균 벌써 8년이 지났지요. 하지만 아직도 어제 일처럼 생생
하고 누이의 시가 살아서 제 가슴을 칩니다. 뵙고 말씀
드리고 싶었습니다.

오명제 그냥 서책으로 받아 봐도 됐을 일을. 흠. (못마땅하다)

허성 …

허균 오늘밤 잠시만 제게 시간을 주시지요. 실망시켜 드리지 않겠습니다. (또 고개를 숙인다)

오명제 흠…

허성 해가 기우니 날이 춥습니다. 안으로 드시지요. 조선 음식이 입맛에 맞으실지는 모르나… 정성들여 준비했답니다.

오명제 (허균에게) 8년 전에 세상을 떴다면, 그럼 누이는 몇 살 때…?

허성 스물일곱이었어요.

오명제 … 예? … 어린 나이이군요.

허성 자 자, 우선 저녁부터 든든하게 드시고…

오명제 경리감독님의 인품을 생각해서, 이야기는 들어보겠습니다만.

허성 그래요. 자 자. (앞장서 방으로 이끈다. 오명제가 따르자) 3월 봄이라 하나, 아니에요, 4월 돼야 봄 소리 나온다니까요.

허성은 오명제를 인도하여 마루를 통해 방으로 든다.
허균 잠시 뒤돌아선다. 허공을 우러른다. 눈시울이 젖는다.

1장

자막

1570년(선조 3). 그녀의 나이, 여덟 살

한양성 건천동[3] 허엽의 집 (프롤로그와 같은 곳), 한 겨울
그녀의 나이 여덟 살. 아직 이름이 없던 때.[4]

허엽의 집 마당과 집 주변에 횃불과 등들이 어지럽게 허공을
떠다닌다.
아이를 찾는 소리가 어지럽다.
'아가, 아가, 어디 있느냐!' – 난설헌의 어머니, 강릉 김씨 부
인의 소리
'해생아! 해생아!' – 오빠 허봉의 소리
'애기씨… 애기씨' – 하인들의 소리
사람들 어지럽게 마당을 누비다 사라지고 잠시 마당이 빈다.

---

3) 건천동은 마른 냇골이라고도 불렸는데, 지금의 서울 중구 인현동 1가 40
번지 일대이다.
4) 사실 허난설헌은 조선시대 다른 여인들과 다르게 어렸을 때 이미 '초희'
라는 이름이 있었다. 이 극에서는 그녀도 여덟살 때까지는 이름을 갖지 못
했다는, 가상의 설정을 하였다.

그때서야, 마루 아래가 슬며시 밝아지면, 꼬마, 가마니를 뒤집어쓴 꼬마 하인(사실은, 변장한 아이 난설헌) 하나가 보인다. 슬며시 눈만 들어 바깥을 살핀다. 외롭고 무섭다. 마루 아래, 다른 곳, 누가 있어 그 꼬마를 보고 있다.

꼬마처럼 옷을 입은, 사실은 '서왕모'가 변신한 인물이다.

음악! – 향후 등장할 주제곡의 멜로디이다. (이후로도, 가끔 반복된다)

꼬마가 그 존재를 느낀다. 바라본다. 놀란다. 하지만 피하지 않고 노려본다. 눈을 비빈다. 다시 본다. 그런 숨바꼭질.

그러다 인물 사라지면 연주도 끝난다.

꼬마는 가마니를 젖히고 주변을 둘러보며 그 인물을 찾아본다, 없다.

의아하다. 다시 사람 소리 들린다. 꼬마는 숨는다.

허봉과 강릉 김씨, 그리고 하인 아낙 한 사람, 젊은 남정네 하인(쇠똥이)이 함께 마당으로 들어선다.

아낙   아, 글쎄 진사님 댁에도 안 계십니다. 제 눈으로 그 집 아씨도 보고 왔고 물었는데요, 어제 오늘은 만난 적 없다고 하드라구요.

남정네1   야산을 샅샅이 뒤졌는데요, 없어요. 토끼만 몇 마리 봤습니다요!

허봉(20세), 낙담한다. 남정네1은 다시 나가본다.

허봉	어떻게 이렇게 감쪽같을 수가 있단 말인가!
김씨부인	큰일났구나. 하루 종일 보이질 않으니 이를 어쩐다!
허봉	어머니! 정말 짚이는 게 없으십니까?
김씨부인	그 아이가 어제 잔뜩 울상을 해서 이름을 지어 달라 했고 또 그 소리냐며, 난 화도 내지 않고 타일렀다. 그 뿐이야. 근데 넌 왜 아까부터 자꾸 내게… 내가 무슨 회초리라도 든 것 같아 그러니?
허봉	아닙니다. 제가 무슨요.
김씨부인	니가 동생 아끼는 건 뭐랄 건 없다만 어떻게 어미에게까지…
허봉	아니래두요. 어머니.

강릉 김씨 부인은 말씨에 강원도 영동 사투리가 살짝 배어있다. 하인 남자 하나 또 들어온다.

| 남정네1 | 대감님 퇴청이십니다! |

허엽 대감(54세), 관복 차림으로 들어서고 뒤로 이달(33세)이 뒤따르고 있다.
이달은 차림이 묘하다. 선비복은 입었으나 매우 누추하고 갓은 썼으나 찢어지고 해져서 흡사 걸인의 모습이다.

| 이달 | 아유 배고파! 저녁시간인데 대감댁에 왜 밥 냄새가 안 납니까! 아이구 뱃가죽이 등가죽하고 막 연애를 할라구 |

하네요! 아이고!

허봉   (아버지에게 인사한다) 아버지 오셨습니까. (이달에게도 인사한다) 스승님 오셨습니까.

이달   (허봉에게) 밥 안 먹었나!

허봉   …

허엽   아이는 찾았느냐?

허봉   죄송합니다.

김씨부인   귀신이 정말 곡을 합니다. 온 마을을 샅샅이 다 뒤졌어요.

허엽   식솔들 다 모이라고 해라.

이달   밥은요? 밥할 사람은 빼고 모이라고 해야지 않을까요, 대감님! 아이고!

하인들이 다 모였다.

허엽   쇠똥이는 나뭇가지 튼실한 놈으로 하나 가져와라.

남정네1   예? 어디 쓰실…?

허엽   매 좀 때려야겠다.

남정네1   예이! (뛰어나간다)

김씨부인   (하인들 쪽으로) 이 사람들 오늘 밥 한 끼 못 먹고 산으로 들로 아이 찾아 다녔어요.

이달   밥은 먹고 때리세요. 공복이라 힘도 없으실 텐데… 아이고. 나 참.

남정네1, 나뭇가지 굵은 거 하나 들고 들어와 허엽에게 넘긴다.

허엽 봉이 종아리 걷어라.

허봉 예?

김씨부인 여보…

허엽 장차 입신하여 나랏일을 도모할 녀석이 이런 작은 일 하나 처리하지 못 하고 쩔쩔 매니 널 어디다 쓰겠느냐. 그리고 동생 이쁘다 하는 말도 다 허언이야. 그렇게 이쁜 동생이 없어져 만 하루가 지났는데 요령이 안 나오고 지혜가 안 솟아? 그런 아둔함을 어디다 쓸까! 종아리 걷어!

허봉 예, 아버지! (종아리를 걷는다)

김씨부인 (아들의 종아리를 감싸며) 안 됩니다. 다 큰 아들녀석을 그것도 아랫것들 앞에서. 이 무슨 해괴한 훈계입니까. 우리 봉이 때리시려면 차라리 날 때려요!

허엽 어허! 비켜나시오!

난설헌의 유모 – 강릉댁(30대중반)이 나선다.
강릉댁은 허엽의 처가, 김씨부인 댁에서 한양성까지 따라온 사람이며, 강원도 영동지역 사투리를 쓴다.

강릉댁 대감마님, 죽을죄를 졌습니다.

허엽 고해라.

강릉댁 사실은 어젯밤 아씨가 제 방에 찾아왔었습니다.

허엽 그래서?

강릉댁 자길 하룻밤만 재워달라고 하도 간청하셔서 그리 하자고는 했는데 자고 일어나니 아씨가 사라지신 거예요. 그리고 이틀 동안은 오지 않으셨습니다. 참말입니다.

허엽 오늘 아침에 그렇게 난리를 쳤는데도 미리 고하지 않은 죄를 알겠지? 그럼 니가 종아리 걷어라.

김씨부인 여보! 아니 정말 이 양반이!

강릉댁 겁에 질려 종아리를 걷으려 한다. 이때다.
마루 아래서 지켜보고 있던 아이 튀어나온다. 하인의 복장을 하고 있다.
딸아이다. 여덟 살 먹은 어린 난설헌이다.

아이 그만하세요.

허봉 해생아!

김씨부인 아니, 이것아!

아이 유모가 무슨 죄입니까?

아이는 아버지 손에서 매를 빼앗아 쇠똥이 앞으로 던진다.

허엽 아니 내 따님이 아랫것들 옷을 입으시고 이 행색은 또 뭡니까?

아이 구분될 것이 무엇입니까.

허엽　뭐라고…

아이　(남정네1에게) 이름이 뭔가?

남정네1　이름요? 쇠똥이지요. 애기 때부터 쇠똥이라고 부릅지요.

아이　(다른 여자아이에게) 이름이 있는가?

여자아이　묘생이요. 을묘년(1555년)에 태어났다고 묘생이라고 헙니다요.

아이　저하고 똑같잖아요. 전 계해년에 태어났다고 해생이. 오빠도 봉이란 이름이 있고 갓난쟁이 동생도 균이란 이름이 있습니다. 저는 왜 아직도 해생이입니까? 여자아이는 양반이라두 이름을 지어주지 않는 것입니까?

허봉　해생아 그게 아니다.

아이　누가 그것을 정했습니까! 정하였다면 그건 맞는 것입니까? 저는 그저 따라야 하는 것입니까! 제게도 이름을 주십쇼!

허봉　아기 때는 나쁜 기운이나 귀신 해꼬지를 막으려고 일부러 허투루 이름을 지어놓는 거야.

아이　제 나이 이미 여덟 살입니다. 언제요, 언제 제 이름은 주시는데요?

이달　(뒤에서 지켜보다가 나선다) 허허! 그것 승질머리 좀 봐! 대단하구나!

아이　거지.

이달　넌 어째 나만 보면 거지래?

허봉　오라버니에게 시를 가르쳐주시는 선생님이시다. 예를

18

	갖춰야지.
이달	선생님은 무슨! 우린 그냥 친구지, 친구잖아!
아이	(입을 옹 다문다)
허엽	손곡![5] 어찌하면 좋겠소?
이달	해생아!
아이	그 이름 싫어요. 부르지 마세요. 난 해생이 아니야!
이달	그래 이것아! 요것아! 이 기집애야!
아이	(얼굴을 손으로 덮는다. 저도 모르게 눈물이 왈칵 나와서이다)
이달	자, 이쁘고 영특한 우리 아가씨, (손아귀에 새를 쥔 시늉을 하고) 여기 내 손아귀에 새가 한 마리 있어요. (손아귀를 앞에 내밀어 보여준다) 지금 이 새가 살아있겠습니까, 죽어있겠습니까.
아이	… 제가 살아있다 답을 하면 거지님은 새를 꽉 쥐어서 죽일 것이고, 제가 만약 죽어있다고 답을 하면 그대로 아귀를 펴서 살아있는 새의 모습을 보여 주실라고 했지요? 책에서 다 읽었습니다.
허엽	(웃는다)
이달	하하하하하!!!!
허봉	중국에서 들여온 태평광기를 다 외우고 다닐 지경입니다. 아침저녁으로 책을 손에서 안 놓습니다.
이달	그래 답이다. 이게 답이야.
아이	무슨 답이요?
이달	니가 이름을 그렇게 갖고자 하는 마음이 바로 새야. 그

---

5) 이달의 호. 원주 손곡 지방에 살았다고 한다.

새를 죽일 수도 살릴 수도 있는 이 손아귀는 바로 지금 세상이고, 그것이 바로 너의 운명이다.

아이　…?

이달　그 새가 이름을 갖는 순간, 운명이라는 손아귀는 그 새를 죽일 지도 몰라.

허엽　손곡!

이달　너에게 이름은 그렇게 위험한 것이야! 그냥 해생이로 살아야, 장차 편안하게 잘 먹고 잘 살 것이다.

허엽　손곡, 아직 철부지 아이입니다.

아이는 생각한다. 이달은 주시한다.

허엽　(어색함이 싫어서) 부인! 저녁 준비 좀 해주시오. 손곡 선생이 배가 많이 고파 심술이 잔뜩 난 모양이오. 술도 좀 내오시고. (허봉 쪽으로) 다들 물러가라 해라. 유모에게 동생 씻기고 옷 좀 갈아입히라 해라.

허봉　예. (하인들 쪽으로) 자, 다들 돌아가 일들 보시오. 어제 오늘 수고들 하였습니다. 유모!

강릉댁　네.

하인들은 물러간다. 김씨부인도 아낙들에게 저녁을 지시하며 함께 나간다.
허봉은 유모에게 동생을 부탁하는 지시를 전한다.

허엽   봉아.

허엽은 잠시 가르침을 위해 아들을 한쪽으로 오라하여 얘기한다.

허엽   아까 내가 매를 든 것은 식솔들 보라고 일부러 그런 것이다.

허봉   예.

허엽   그럼 누군가는 나설 것이다 짐작했어⋯

허엽은 뭔가를 더 설명하지만 더는 들리지 않는다.

아이 쪽!

강릉댁이 아이에게 다가간다. 하지만 아이는 따라가기를 거부한다. 몇 번 시도하다가 결국 강릉댁은 포기하고 이달은 곁에서 재미있어 하다가, 강릉댁에게 그냥 가라는 시늉을 하여 보낸다.

이제 마당엔 허엽과 이달, 허봉, 아이만 남았다.

아이   (울며) 이름을 주십쇼. 제게 세상 어떤 이와도 구분되는, 제 이름을 주십쇼.

이달   (허엽에게) 대감님! 선물 주시지요. 따님 타고난 기운이 너무 세서 이름 주지 않았다간 귀신이 아니라 스스로 해꼬지를 할 것입니다.

허엽   (품에서 종이를 꺼내 아이에게 내민다) 여기 있다. 오래 가지고 있었다.

아이가 받아 펴서 본다. 오빠가 곁으로 가 넘겨다본다.

아이　초. 희.

허엽　니가 다섯 살이 되던 날, 이미 지어두었다. 손곡 선생한
　　　테도 보여주니 그때도 그러더라. 조금만 참았다가 니가
　　　더 나이를 먹으면 그때 주라고.

허봉　초희. 무슨 뜻입니까.

허엽　초나라 왕비, 번희에서 가져온 이름이다. 장차 번희처
　　　럼 지혜롭고 큰 여인이 되어라.

아이　허.초.희.

허엽　이제 이름도 받았으니 더 정진해야지? 오빠와 함께 앞
　　　으로 손곡 선생님한테 시를 배우도록 해라. 이미 얘기
　　　다 해두었다. 너는 잘 모를 테다만 손곡 선생은 이 나라
　　　에선 이태백과 두보를 능가하는, 시를 쓰는 신선으로
　　　알려져 있다.

이달　허허허! 아니, 왜 천기를 누설하시고… (아이에게) 흠, 내
　　　가 평소에 구름을 타고 다니는데 저게 주문을 외면 밑
　　　으로 내려와요. 어디 한 번 태워줄까?
　　　(자신의 한시를 읊는다) 隣家小兒來撲棗(인가소아래박
　　　조)~~

아이　(시를 알고 언문으로 푼다)[6] 이웃집 아이가 와서 대추를

---

6) 이달이 지은 「박조요(撲棗謠)」 대추 따는 노래라는 7언시이다.

22

따네요.

이달　老翁出門驅小兒(노옹출문구소아)~~

아이　노인이 나가 아이를 내쫓았지요.

이달　小兒還向老翁道(소아환향노옹도)~~

아이　그 애가 돌아보며 노인한테 소리치네요.

이달　허허! 이 녀석…

아이　不及明年棗熱時(불급명년조열시) 대추가 익을 때까지 살아 계시지도 못할 거면서!

이달　너 이놈 내 시까지 다 외우고 있구나!

아이　(인사를 올린다) 선생님으로 모셔보겠습니다!

이달　아이고! 모셔봐? 미치고 환장하겠다. 배고파! 술 고파!

허엽　손곡! 애쓰셨습니다, 어여 들어가시지요. 하하하!

이달　술땡! 술땡! 술땡!!!

허엽　술땡?

이달　술이 몹시 땡긴다구요! 술땡!

허엽　아아! 술땡! 봉아, 푸짐한 저녁상이랑 술상이랑 잘 챙겨서 부탁한다.

허봉　걱정마십쇼!

허엽과 이달, 방으로 들어간다.

속을 끓였던 오빠 허봉과 초희만 남았다.

허봉　좋으냐?

초희   오라버니, 제 이름 불러주십쇼. 제 이름을 처음 부르는
       사람이십니다.

허봉   초희야.

초희   네! 오라버니! 네!

초희는 못 참고 마당을 폴짝 폴짝 뛰어다닌다. 그 모습을 오
빠가 본다.

초희는 '네! 네!' 외치며 뛰어다닌다.

제 흥에 또 시를 읊는다. 영사막에는 한시가 투사된다.

鞦韆詞 (추천사)[7]

隣家女伴競鞦韆 (린가여반경추천)
結帶蟠巾學伴仙 (결대반시학반선)
風送綵繩天上去 (풍송채승천상거)
佩聲時落綠楊烟 (패성시낙녹양연)

蹴罷鞦韆整繡鞋 (축파추천정수혜)
下來無語立瑤階 (불래무어입요계)
蟬衫細濕輕輕汗 (선삼세습경경한)
忘却敎人拾墮釵 (망각교인습타채)

초희   추천사(鞦韆詞). 그네 뛰는 노래!

─────────────

7) 허난설헌의 시. 그네 뛰는 노래.

친구들하고 그네를 뛰었어요
허리띠 질끈 묶고 머리에 띠도 매고
발 굴러 차 오르니 우와 신선이 된 거 같아요
바람이 그네를 밀어 하늘에 닿았어요
댕그랑 노리개가 떨어지고 푸른 버들이 손을 흔들어요
(시를 다 읊고는) 허초희 지음.

아이(초희)는 오빠 봉을 돌아보며 웃고 허봉도 흐뭇하게 동생
을 바라본다.

(※작가의견 : 어린 초희가 이 시를 시조창을 한다면 어떨까.)

2장

자막
1577년(선조 10). 그녀 나이, 열다섯 살

세월만 흐른, 1장과 같은 곳, 허엽의 집. 초봄이다.
허엽의 방안에 손님이 왔다. 난설헌의 시아버지가 될 김첨
(36세)[8]과 아들 김성립(16세), 그리고 이달도 그 자리에 끼
어있다.
차를 마시며 환담하는 분위기이다.
헐레벌떡 노수신[9]이 집으로 들어선다. 남정네2가 고한다.

남정네2 대감마님! 좌의정 대감님 도착하셨습니다요!
노수신 어, 미안! 내가 많이 늦었네!

방에 오른다. 남정네1은 물러가고,
노수신, 방에 올라 손님들을 둘러본다.

---

8) 김첨은 다소 늦은 나이, 35살에(1576년, 2장의 때로 보면 작년이 된다) 별
시문과에 병과로 급제하였다.
9) 노수신은 후에 영의정까지 오른 문신이며, 허엽이 정치적으로 궁지에 몰
릴 때도 함께 한 벗이었고, 허봉을 유배에서 풀어주도록 청한 사람이었다.

허엽 (김첨에게 노수신을 소개한다) 이쪽이 아까 얘기했던, 이재 노수신 대감입니다.

김첨 좌의정 대감님 처음 뵙겠습니다. (절하려 한다)

허엽 아니, 괜찮습니다. 저랑은 막역한 친구 사이고 오늘 자리는 그런 자리가 아닙니다.

노수신 아니, 이 사람이! 괜찮다고 해도 내가 해야지, 왜 자기가 괜찮대?

허엽 에이 사람… (이달 쪽으로) 이쪽은 아실 테고. 손곡 이달 선생.

노수신 잘 지내셨소? 신선 양반! (허봉을 보고는) 봉아, 너 홍문관 교리 됐다며? 축하한다.

허봉 고맙습니다. 대감님.

노수신 (김첨 향해) 반갑소. 좋은 소식 함께 하고 싶어 왔소이다.

김첨 아, 예, 감사합니다. 몸 둘 바를 모르겠습니다.

허엽 (노수신에게) 정언은 안동 김씨 명문가로 5대가 연이어 문과 급제한 가문이네.

노수신 아아!

허엽 정언의 바로 윗대 아버님, 그러니까 선대인께서는 사후에 영의정에 추증되신 분이시고.

노수신 아하! 알지, 알어! (김첨 쪽으로) 제가 또 다 알아요. 허허!

김첨 저희 가문도 가문이지만, 한양성에서는 단연 허대감님 집안의 명성이 으뜸이십니다. 큰 아드님, 작은 아드님 다 급제하여 승승장구 하시고 게다가 따님까지 천재 시인으로 유명세를 타고 있으니, 이런 명문가가 어디 있습니까! 제가 너무도 감읍할 따름입니다.

노수신 허허허! 초희, 이 아이가 진짜 보물이에요. 내가 볼 땐 오빠들보다 그 아이 문장이 더 나아요.

허엽 허허허.

노수신 좋아? 참나! 암튼 배 아파 죽겠어요! 근데 어찌 이 괴물 같은 집안과 연을 이으셨소?

김첨 실은 제가 대감님 둘째 아드님과 독서당에서 함께 공부한 막역한 친구 사이입니다. 그러다보니 자연스럽게. 네.

노수신 아하!

허봉 정언이 저 보다도 열 살 위이신데 기어코 친구 맺자고 하셔서 벗처럼 지내고 있었습니다.

노수신 아무튼 두 집안이 이렇게 사돈의 연을 맺게 된 것을 진심으로 축하드립니다. 눈치를 보아하니, 정언의 곁에서 땀 뻘뻘 흘리고 있는 이 도령이 초희의 신랑될 사람인가 봅니다.

김성립 (벌떡 일어나 인사를 올린) 김성립이라고 하옵니다.

노수신 나이가?

김성립 열여섯입니다.

노수신 초희 나이가 열다섯이니 꽉 들어찼네. 좋다 좋아! 어쩐지 오늘 이 집 들어오자마자 꽃향기가 가득했는데 이게 늙은 초당 냄새는 아니었고 이팔청춘 꽃냄새였구만. 하하하!

허엽 옛끼 이 사람!

좌중에 웃음이 흐른다.

그때, 남자 하인 하나가 큰 대접에 초당두부를 가지고 온다. 김성립의 상 쪽에 사발을 올리고 하인은 훔쳐보듯 하지만 또 렷이 그의 얼굴을 살피고는 곧 물러나온다. 노수신이 알아보려 한다. 허엽이 꼬집는다.

하인은 아직 나가지 않고 뒤편에 서 있다. 고개는 숙였으나 가만 보니, 힐끔힐끔 김성립을 관찰한다.

허엽   (노수신을 무마하며) 성립 도령! 그게 뭔고 하니, 초당 두
        부일세.

노수신 아니 정말? 이게 그 초당두부라고?

허엽   어서 맛보시게. 내가 사위될 사람 위해 특별히 준비한
        것이니.

김성립은 초당두부를 먹어본다.

김첨   그런데 대사간 대감님 호가 초당 아니십니까? 웬… 초
        당두부…?

이달   사연을 모르시는 구만요? 그러니까 우리 허대감님이
        강릉 초당리 계실 때 두부를 만드는데, 거기선 소금을
        구하기가 힘드니까, 궁즉통이라! 소금 대신 바닷물로
        간수를 해서 두부를 만드셨다 이겁니다. 근데 이게 맛
        이 기가 막혀서 그 일대에서 대~박을 냈다는!

김첨   아아…

이때, 하인이 슬쩍 허엽에게 다가가 뭐라고 여쭙고는 나간다.
허엽 짐짓 알아들었다는 시늉으로 고개를 끄덕하고는.

허엽 저기 이재와 정언은 저랑 후원에 가십시다.

김첨 예?

허엽 우리 후원이 나름 볼만 합니다. 봄꽃이 만발했지요. 뭐 예전 우리나라의 혼례방식으로 하면 신랑이 신부 집에 들어와 사니까 우리 사돈도 가끔 볼 텐데, 친영제로 하다 보니, 언제 또 보실 날이 있겠습니까?

김첨 아, 예…

노수신 명나라 식, 친영제라, 그럼 초희가 김씨 가문에 들어가서 산단 얘기네?

허엽 왕실에서 그렇게 권하니 사대부가 솔선해야지. 자자 구경 가십시다. (김성립이 일어나자) 아니야. 성립 도령은 여기 있게. 어른들끼리 나눌 얘기도 있으니. 이따가 봉이가 구경시켜주도록 하고. (눈치를 준다)

허봉 예.

노수신 아니 방금 왔는데 어딜 또 나가재?

허엽이 눈치주며 노수신을 앞세워 나가고, 김첨도 따라나간다.
하인도 잠시 나가 있고, 이제 방엔 허봉과 김성립만 남았다.

허봉 같은 스승에게 글을 배워도 우리 초희는 달랐어. 초희 문장을 보고 있으면 누구에게 배워서 익힌 글이 아니라는 생각이 드네. 워낙에 시를 좋아하니 시문으로 첫 인사를 건넨다면 아마 좋아할 걸세.

김성립   … 예?

허봉   잠시만 여기 있게. (나가려한다)

김성립   어디 가십니까.

허봉   (웃는다) 자네 신부될 사람이 자네를 미리 좀 보았으면 하네.

김성립   예? 아직 혼례 전인데 서로 어, 얼,굴을 본다구요?

허봉   우리 집 분위기가… 많이 다르지? 난 가네.

김성립   저기…

허봉 벌써 나간다. 이어 초희, 그 하인 복장으로 들어온다.

김성립   깜짝… 누구냐… 넌 아까 그 순두부…?

초희   (머리에 썼던 두건을 벗자, 초희의 긴 머리가 흘러내린다)

김성립   …! (놀란다)

초희   초희야. 허.초.희.

김성립   (입이 닫히지를 않는다. 이렇게 가까이서 처음 본 또래 여인의 얼굴)

초희   안녕. (말을 고쳐) 안녕하십니까.

김성립   (헛기침)

초희   (흉내) 헴헴.

김성립   (더 헛기침)

초희   이름이 어찌 되십니까?

김성립	… (모기 소리) ㅅ…입…
초희	예? 안 들리옵니다.
김성립	(겨우) 서…이…
초희	서 뭐요? 성립! 이라고 말씀 하셔야죠. 김성립. 알고 있었어요.

문 밖으로 문득 꽃잎 흩날리는 게 어른거린다. 초희가 본다. 성립도 느낀다.

초희	어느 날 눈을 뜨니 꽃이 있네요 / 장안 길가에서 서로 만났죠 / 이 꽃이 동하여 저 꽃에게 말을 걸었죠 / 얼마나 놀랐으면 얼마나 붉어졌으면 / 고개 숙이고 달아나나요 / 그럼 뭐해요 꽃은 여전히 내 앞에 있는데[10] (성립을 본다)
	(※ 작가의견: 이 또한 시조창으로 하면 어떨까?)
성립	(정말 얼굴이 홍당무가 되는 듯, 하지만 용기를 내어 답시를 읊는다)
	삼월이라 강릉엔 가지마다 꽃이 가득 피었구나
초희	…
성립	꽃 한 송이 꺾어들자 지나간 슬픔이 스며드네 / 행여 아픈 마음 저 강물에 묻지 말자 / 밤낮 없이 흘러만 가면서 내 말이 귀에나 들릴까[11]

10) 허난설헌의 시, 「상봉행」(相逢行) 한 수를 윤색하였다.

초희   멋지다.

성립   (헛기침)

초희   근데 강릉을… 아십니까?

성립   고향이 강릉이라면서요?

초희   …

성립   난 아닙니다. 낭자 고향이 강릉이래서 여기 오기 전에
공부했지요.

초희   와아… 모범생이십니다? 근데 공부가 아쉬운데요? 강
릉이면 강물보다는 바다를 노래했어야지요!

성립   바다…? 난 본 적이 없어서…요.

초희   다섯 살 때 아버지 따라 한양 왔는데, 아직도 기억이 납
니다. 그 바람, 그 냄새. 그 파아란 바다. 하늘과 같아
요. 하늘과 바다는 맞닿아 있지요. 둘이지만 하나의 모
습으로. (하늘을 우러른다)

성립   (하늘을 본다)

그렇게 시간이 좀 간다. 꽃잎은 여전히 방문 밖에 흩날리고.

김성립   일은… 잘 합니까?

초희   예? 왜요?

김성립   우리 어머니 아랫것들만 일 시키고 노는 분이 아니셔
서. 뭐든 팔 걷어 부치고 솔선하고 더 열심히 일하시는
분이시라.

---

11) 이달의 시, 「강릉서사」(江陵書事)를 윤색 차용하였다.

초희   제가 종이 되려고 시집가는 건 아니잖아요?

김성립   종이 아니라 함께 일하는 거죠. (미소)

초희   그럼 너두 함께 일 하시어요.

김성립   난 과거 준비 해야지요.

초희   치…

김성립   근데, 넌 벌써 종의 복장인데요?

초희   나 정말 종으로 팔려가는 거야? 왜 이런 기분이 들지?

김성립   왜 도망가고 싶나요?

초희   그러게… 달아날 순 없나요.

김성립   꽃이 가면 어디를 가나, 내 앞에 있겠지요.

초희   (바라본다)

김성립   (피한다)

초희   우리 이제… 같이 살아?

김성립   (본다)

초희   (다가가서 김성립의 손을 슬며시 잡는다)

김성립   (숨이 멎는 거 같다)

초희   늘 꽃이라 해 줘. 꽃잎이 져도.

김성립   … 꽃이 진다고 향기마저 사라질까.

초희   … 와… (밝게 성립을 바라본다)

강릉댁이 아홉 살 먹은 아이 허균을 앞세우며 들어온다.
초희와 성립은 떨어진다.

균   누나…

초희 균아!

강릉댁 누나 보고 싶다고 하도 성화여서요. 말을 들어먹지를 않아요. 고집이 고래심줄이에요.

초희 누나 보고 싶었어?

균 응! (성립을 보고) 이 형은 누구야?

김성립 … 안녕.

균 (다시 초희를 보고) 근데 누나, 이제 우리랑 안 살아?

초희 … 응, 그게.

균 왜? 내가 뭐 잘못 했어? 누나 내가 괴롭혀서 그래? 내가 장난쳐서 그래?

초희 아니야.

균은 누나를 보고. 누나는 균을 바라보는데 눈물이 고이고, 성립은 불편하다.
강릉댁도 시름이 많고.

강릉댁 아씨. 위로가 될지 모르겠지만서두 저도 아씨 따라가기로 했대요. 시아버지 되실 분이 아씨 배려해주신 거래요. 다행이지요? (혼잣말로 궁시렁) 뭐가 다행이야. 본래대로 하자믄 신랑이 우리집 들어와 사는 것인데. 그럼 아씨가 얼마나 마음도 편하고… 에유! (다시 초희 쪽으로) 아씨, 전 또 일을 해야 해서, 도련님 좀 부탁해요. (돌아가려다가, 성립 쪽으로) 도련님은 이제 들어가셔야죠?

김성립 흠흠. 그러려던 참이네.

김성립은 강릉댁을 따라 제 아비가 있는 곳으로 돌아간다.
초희와 어린 균만 남았다.

초희　　균아, 이름이 뭐야?

이때, 무대 한쪽에 프롤로그 때 등장했던 성인 허균이 등장
한다.
허균은 과거, 누나의 모습과 조우하며 어린 균 대신에 자신이
대답을 한다.

허균　　누나. 균아, 이렇게 이름을 부르시고선 이름이 뭐냐니
　　　　오? 누나 웃깁니다!

초희는 어린 균의 머리를 쓰다듬어주고, 어깨를 만져준다.

초희　　그래, 누나 바보다. 그치? 그럼 바보 누나 이름은 뭐야?
허균　　초희. 허초희입니다.
초희　　그래, 이름. 이름은 우리가 세상에 왔다 간 흔적이야.
허균　　어렵습니다. 그 뜻이 무엇입니까?
초희　　우리가 나무도 꽃도 나비도 아닌 왜 사람으로 태어났을
　　　　까? 이유가 있겠지? 그걸 찾아보자. 우리가 무엇 때문
　　　　에 사람의 몸을 입고 여기 이 땅에 와 있을까? 균아 우
　　　　리가 뭘 할 수 있을까?
허균　　제가… 뭘 할 수 있을까요?

초희 내가 그리고 균이가 어느 날 이 땅을 떠나고 나면 사람
들이 그럴 거야. 균이가 이렇게 다녀갔구나. 초희가 이
렇게 다녀갔구나.

허균 누나 가지 마세요. 누나, 이 균이를 떠나지 마세요.

어린 균은 운다. 초희가 어린 균을 안아준다.
초희와 어린 균의 무대는 어두워진다.

허균 새들도 좋은 나뭇가지를 가려 앉는다 했는데… 누이는
나뭇가지에 잘못 앉은 바람에 종일토록 서러운 날갯짓
만 하다 어둠만 삼켜버린 새였사옵니다.[12]
돌아가신 작은 형님께서도 늘 누이의 재주를 칭찬하
시며 그렇게 말씀하셨습니다. "누이의 글재주는 배워
서 얻은 게 아니다. 이태백과 이장길이 남겨둔 글이
누이의 손을 타고 나오는 것이다." 조선은 여인들에
게 한문을 가르치지 않습니다. 그런데 선친께선 한문
은 물론이요 시까지 저희들과 함께 가르치셨습니다.
누이의 시문은 형님이나 저를 뛰어넘는 것이었습니
다. 그런데 그 놀라운 재주가 시댁에선 칭찬받지 못
할 재주였습니다. 필요치 않은 쓸 데 없는 재주였습
니다. 말이나 됩니까. 어찌… 누이를 생각하면 지금
도 가슴이 미어집니다. 황망하며 참혹합니다. 돌이킬

---

12) 기록에 보면, 중국사신이 허균에게 '그대 누이는 어떤 사람이었소?' 묻
자, 허균이 이와 같이 대답하였다고 한다.

수만 있다면 정말 백번이고 천번이고 돌이키고 싶습
니다. (절망한다. 말을 잇지 못 한다)

3장

자막

1583년(선조 16년). 그녀 나이, 스물한 살. 시댁.

한양성 난설헌의 시댁. 집과 마당.

난설헌 나이 21세가 되었다. 시집 온 지 벌써 6년여가 지났나 보다.

난설헌의 시댁살이는 김성립의 예고처럼 고되고 바쁘다.

시댁 하인들의 바쁜 일상이 하나의 퍼포먼스처럼 펼쳐진다.

김성립을 맞이하기 위한 상차림과 준비가 바쁘게 펼쳐진다.

남자들 나무를 져 나르고, 쌀을 져 나르고, 여자들은 절구를 찧거나, 머리에 광주리를 인 채 떡을 해오거나, 빨래를 가져 가고 해서 오거나, 또 커다란 상이 들어가고 나오고, 바느질 감을 산더미처럼 이고 가는 아낙도 보이고, 정말 빠르게 기계처럼 이어지는 일, 일, 일들!

시어머니 송씨부인(40세 전후)이 지휘자처럼 호령하고 일을 거들고 참견하고 질책한다. 바삐 오가는 하인들 속에 강릉댁도 보이고 발 빠르고 몸 가벼운 버들이도 보인다. 버들이(10대 후반)는 한눈에 봐도 힘 좋고 밝아 보이는 처녀 종이다.

난설헌은 그 하인들의 일사분란한 동작들 속에서 어색하다. 기계적이며 절도 있어 보이는 하인들의 동작과는 다르게 서

툴고 허둥대며 나약하다.

퍼포먼스가 끝나고, 다들 썰물이 빠지듯 하나 둘 사라진다.

그리고 시어머니가 일하다 말고 나온 모습으로 홀로 역정이
난 채 나온다.

시어머니 버들아! 버들아!

강아지처럼 뛰어나온다.

버들이 네, 마님!

시어머니 희윤 어멈 어디 있누?

버들이 방금까지 함께 일하고 있었는데요? 부엌에 안 계셔요?
안채… 들어가 볼까요?

시어머니 그게 말이 되니? 시어미는 오전 내 손에서 물이 마르지
않는데 며느리란 것이 안채에 들어앉아 책이나 본다는
게 그게 어디 될 말이야!

버들이 설마요, 제가 가보겠습니다요!

하는데, 난설헌이 나온다. 금방이라도 울음을 터뜨릴 것 같다.

난설헌 어머니… 희윤이가 아파요.

시어머니 … 오늘은 어디가 아프니? 천하에 약골로 태어나 하루
가 멀다 하고 고뿔이네 설사네 열이 높네… 오늘은 어
디가 안 좋아?

난설헌 의원이 진맥도 해보고 여기 저기 짚어보는데, 이유를 모르겠대요… 희윤이는 아프다고 울기만 하고, 아침부턴 울지도 못 해요. 어쩜 좋아요… (운다)

시어머니 지금 누구 때문에 이러니?

난설헌 …

시어머니 니 서방 과거 앞두고 생일이라고 몇 달 만에 집에 오는 날, 독서당서 끼니도 제대로 못 챙기는지 그 얼굴이며 사지 마른 것이며 볼 수가 없어서, 배나 채워주고 힘이라도 채워줄려고 특별히 마련한 자리다. 매사가 공이다. 니 서방 과거 시험 보는데 공을 들여야 하지 않겠니. (부엌 쪽으로 가다가 돌아보며) 행여 희윤아범 오면 애 아프단 얘긴 꺼내지도 마. 시험 그르친다.

난설헌 …

시어머니 매몰차게 돌아서 나가고, 버들이와 난설헌만 남는다.

버들이 도련님 많이 아파요?

난설헌 (고개만 끄덕인다)

버들이 어쩜 좋아? 다 큰 애만 되도 여기가 아프다 저기가 아프다 말을 할 텐데, 이제 백일도 안 지난 도련님 … 제가 더 아파요.

난설헌 난 부엌에 가볼 테니, 넌 안채 희윤이 좀 챙겨줄래?

버들이 근데 제가 하던 일이… 없어요! 예, 그래야죠! 네!!

난설헌 버들아, 고맙다. (시어머니 나간 쪽으로 들어간다)

난설헌 나가고, 버들이가 '아, 어쩌지…' 하면서도 몸은 안채 쪽으로 가려는데, 누군가 버들이 부르는 소리, 버들아! 돌아보면 작은 여자아이 종(이하, 여아종)이 나온다.

여아종 버들아! 마님이 찾으셔! 버들이 오래!

버들이 (잠깐 둘러본다) 너 이리 좀 와 봐.

여아종 왜?

버들이 왜? 아 미치겠네. 이리 오라고. (오면) 버들아가 동네 강아지냐? 죽을라고!

여아종 그럼 뭐라고 불러?

버들이 버들언니!

여아종 언니야? 버들이는 나이 알아?

버들이 (꽁 하고 군밤을 매긴다) 나이는 모르고, 너 때릴 줄은 안다, 왜?

여아종 (참았다가) 으아아… 앙! (터지려는데)

버들이 (또 때리려 하며) 조용 안 해!

여아종 (스스로 입을 막는다)

버들이 불러봐. 내가 누구야?

여아종 버들이 언니.

버들이 엉. 이제 정신이 돌아왔구나. 야, 근데 너 듣자하니까, 애기 때는 양반이었다며? 기억은 있냐?

여아종 몰라.

버들이 넌 그럼 옛날에 양반이었으니까 이름도 있었겠네. 이름이 뭐야, 기억 안 나?

여아종   안 나.

안쪽 부엌쪽에서 들리는 아낙2의 소리.

아낙2   버들아! 마님이 찾으신대잖어!

버들이   예, 가요! (하고는 여아종에게) 들었지? 난 버들이야. 우리
아씨가 지어줬다~
잘 들어. 이름은 흔적이야. 우리가 살다간 흔적. 이름대
로 사는 거라고. 나 봐. 버들버들 하잖아.

여아종   나도 이쁜 이름 갖고 싶다.

버들이   생각났다, 너 이름. 매년이 어때?

여아종   매년이?

버들이   매를 부르는 년!

여아종   그게 뭐야~~

버들이   그니까 우리 아씨한테 잘하라고. 또 아니? 진짜 이쁜
이름 하나 지어주실지. 우리 아씨는 진짜 대박이야. 초
희라는 이름에 남자들만 있다는 경번이란 자도 있고 난
설헌이란 호도 있어. 정말 멋지지? 난.설.헌. 아!

여아종   그게 다 아씨 이름이야?

버들이   그럼! 난 지금 마님한테 가야 하니까 넌 안채 희윤도련
님 방에 가서 거기 의원님이 계실 거야. 가서, '제가 뭐
할 일 없을까요? 시키셔요!' 해. 알았지?

여아종   응.

버들이   우리 아씨 지금 속이 속이 아니다. 작년에 돌림병이 돌

아서 큰 애기씨를 잃었거든. 근데 지금 또 둘째 도련님
이 저렇게 아프시니까…

아낙2 버들아!!! (못 참고 나왔다)

버들이 아낙2를 보자마자 번개처럼 부엌쪽으로 뛴다.

아낙2 저것은 내 얘기도 안 듣고 그냥 뛰어? 이그…

이때, 김성립이 들어선다. 돌석아범과 함께.

아낙2 서방님! 오셨어요!

여아종이 처음 김성립을 보고는 멀뚱하니 서 있다.

돌석아범 (여아종에게) 뭘 그러구 있어? 인사 드려! 이 댁 서방님
이셔!

여아종은 버들이가 시킨 일이 생각나 무작정 안쪽으로 뛰어
들어간다.

돌석아범 엊그제 왔습니다. 지난달에 침모가 몸이 아파서 내보냈
잖습니까. 대신 저 아이를 데려왔습니다.
김성립 으응.
돌석아범 (아낙2 쪽으로) 서방님 오셨다고 마님께 말씀드려. 난 주

인마님 모셔올 테니.

돌석아범과 아낙2는 나간다.
혼자 남은 김성립, 집안을 잠시 둘러본다. 오랜만이다.
안쪽에서 난설헌 시름 속에 나온다. 걱정이 되어 다시 안채로
갈 참이었다.
김성립과 만난다. 몇 달 만이다.

난설헌 우와, 내 낭군이 오셨네? (다가가서 성립을 안는다)

김성립 (안아준다) 힘들었지? 잘 있었어?

난설헌 힘들었어. 힘들었어요.

김성립 나두 힘들어.

난설헌 거짓말. 어머님 말씀으로는 여위었다고 하던데 내가 보
긴 아닌데? 더 좋은데? 우리 신랑 기생집 드나든단 얘
기가 참말 맞는 건가?

김성립 뭐야? 누가 그래?

난설헌 누구긴! 당신 친구들이지. 돌석아범 편으로 편지까지
보냈든데?

김성립 진짜? 이것들이!

난설헌 (인용) 우리 친구가 독서당은 멀리하고 자꾸 기생집을
가까이 하니 걱정입니다. 고심하다가 알려드리오니 부
디 친구의 마음을 꾸짖어 붙잡아 주소서.

김성립 아 진짜. 다들 장난치는 거야.

난설헌 그래서 돌석아범 보고 친구들 앞에 가서 이 시를 읽어

주라 했어. 우리 신랑은 정말 큰 강인가 보다 개구진 아이들이 자꾸 오줌을 싸네.

김성립 (크크크 웃으며) 와… 우리 친구들 제대로 한 방 먹었겠는데!

문득 난설헌은 자신의 옷에 달린 노리개를 풀어 김성립 허리띠에 달아준다.

난설헌 그렇게 몇 달이고 독서당에 있으면 각시 안 보고 싶나?

김성립 왜 아니야…

난설헌 보고 싶을 때 이거 봐.

김성립 빨리 급제부터 해야 이 묶인 손과 발이 풀릴 텐데.

난설헌 준비는 잘 했고?

김성립 어린 처남이 독서당에서 내 글 보고 그러던데? 시를 지을 줄은 모르면서 어찌 답은 그리 잘 쓰냐고.

난설헌 균이가? 건방진 녀석. 감히 매형한테!

김성립 어린 처남의 문장이 독서당에 있는 웬만한 유생들 글을 다 눌러.

난설헌 흐흥… (웃는다)

김성립 뭘 그렇게 처남 얘기만 나오면 좋아해? 질투 나네!

난설헌 우리 신랑이 훨 잘 생겼지. 참, 저기 우리 희윤이가… 아차, 아니다.

김성립 희윤이가 왜…?

난설헌 아니야.

그때, 시어머니 나오고 반대쪽에선 돌석아범이 앞장서, 시아버지 김첨이 들어선다. 시어머니 먼저 다가와 덥석 아들을 안는다.

시어머니 공부한다고 얼마나 고생이 많누? 이 여윈 것 좀 봐! 세상이 우리 아들 실력을 몰라주고 이리 고생을 시키는구나! 어여 올라가세! 배고프지? (난설헌 쪽으로) 어서 밥 준비하여 내오거라.

김성립 (김첨에게 인사한다) 아버지 그간 평안하셨습니까.

김첨 그래 준비는 잘 하였느냐.

김성립 실망시켜 드리지 않겠습니다.

김첨 너희 어머니 집안 송씨 가문도 문장이며 입신이며 하나도 남부럽지 않다. 나로서는 장인이요, 너한테는 외할아버지가 되는 어르신은 이조판서를 지내셨고, 외증조할아버지가 되는 어르신은 사헌부 장령을 지내셨고, 외삼촌이 되는 어른은 대사간을 지냈다. 말해 무엇하리! 친가며 외가며 니 몸속에 흐르는 피를 느껴보아. 조금이라도 주눅 들지 말고 자부심을 가지고 힘을 내어라.

김성립 … 예.

김첨 자, 이제 방에 오르자. 그냥 생일상이 아니다. 너희 어머니가 이날을 위해 일주일 전부터 정성을 들였다. 입으로 먹지만 마음으로 삼키거라.

김성립 … 예.

김성립과 김첨, 시어머니, 방으로 오른다.

방에 가득 차려진 상 앞에 앉은 성립은 음식을 먹기 시작하고, 김첨은 술도 따라 아들에게 건네고 건배도 한다.

그 모습을 마당에서 지켜보는 난설헌과 강릉댁.

난설헌 정말 공부가 많이 힘든가?

강릉댁 왜요?

난설헌 조금 늙은 거 같아…

강릉댁 아이구야. 스물두 살 먹은 서방님보고 늙었다면 나는 쭈구렁 할머니네요.

난설헌 유모도… 참.

강릉댁 일 년 가 봐야 몇 번이나 본다고 아직도 그리 좋아요?

난설헌 내 신랑이잖아.

강릉댁 안아줘야 신랑이지. 이건 뭐 그믐달도 그 보단 자주 보겠네. 독서당에 틀어 앉아 과거 시험 준비만 한다고 벌써 5년이야? 6년이야? 아이고야!

난설헌 밥만 먹고 바로 가겠지?

강릉댁 그러겠죠. 시험이 코앞인데.

난설헌 오늘밤 자고 가면 안 되나? 우리 신랑 옆에서 자고 싶다.

강릉댁 (화들짝) 아이고야 저이고야! 아니 젊은 아씨가 못 하는 말이 없어요! 아이고 남사시러워라! (벌써 얼굴이 붉어진다)

난설헌 어어? 왜 유모 얼굴이 붉어지지?

강릉댁 예애? 내가 무슨요? 아이 진짜…

안채 쪽에서 여아종이 나와 난설헌에게 다가간다.

여아종 아씨… 도련님이 열이 많이 나고요, 막, 토해요, 의원님
이 아씨 뫼셔오라고.

난설헌 뭐…? (성급히 가려는데)

시어머니 며늘아. 숭늉이 빠졌다. 내가 따로 끓여놓은 게 있으니
냉큼 가져오너라.

난설헌 … 예?

강릉댁 제가 가져다 드릴 테니 얼른 가보셔요.

난설헌 부탁해, 그럼. (하고 안채로 가려는데)

시어머니 며늘아, 숭늉 내오라고 했잖느냐. 내가 따로 준비해 논
게 있어.

강릉댁 마님, 제가 갑니다요.

시어머니 내가 자네한테 얘기했나? (난설헌에게) 서방님 귀한 식사
끝에 정성으로 공으로 니가 따뜻한 숭늉 한 그릇 못 올
리니? 꼭 아랫사람 손으로 해야겠어?

난설헌 (그냥 안채로 가려한다)

시어머니 (버럭) 거기 서지 못 해!

김성립 어머니.

김첨 (헛기침, 몹시 불편하다)

시어머니 너 지금 이게 무슨 행동이냐. 어른이 얘기하고 있는데
어딜.

난설헌 어머니 지금 희윤이가 많이 아프대요.

시어머니 …!

김성립　어머니, 제가 안채에 한 번 다녀오겠습니다.

시어머니　됐어. 아직 백일도 안 된 아이야. 백일이 안 되면 예전
엔 눈도 두지 않았다. 그러다 잃는 아이도 부지기수니
까. 마음을 굳게 먹어도 시원찮을 판에 사사로운 일에
왜 마음을 흐리려고 하시나?

난설헌　어머니, 아이가 아픈데 그게 어떻게 사사로운 일이에
요?

시어머니　그 아이 세상 나오자마자 아픈 게 하루 이틀이야? 일의
경중을 그리 몰라?

김첨　그만. 그만들 해. 됐어. 성립인 밥 다 먹었으면 그만 독
서당으로 돌아가거라.

김성립　아버지.

김첨　여긴 어머니가 있으니 걱정 말고 시험에만 집중하여라.
어서 가 보아.

김첨은 먼저 자리를 뜬다. 남은 김성립 고민한다.

시어머니　아버님이 명하셨는데 뭘 지체하시나. 어서!

김성립　어머니.

시어머니　일 없대두. 우리 가문의 대사인 걸 모르시나?

김성립 무거운 마음으로 무겁게 발걸음을 뗀다. 난설헌과 눈
을 못 마주친다.

난설헌을 지나쳐 그렇게 김성립은 떠난다. 김성립이 사라지고

나면,

시어머니 강릉댁. 회초리 가져오게.

강릉댁 마님.

시어머니 도대체 몇 살이 되야 회초리로 안 가르칠고. 며늘아 배
우겠느냐.

난설헌 어머니 정말… 모르겠습니다.

시어머니 그래 차근차근 알려주마. 회초리 가져와. 만약 니 남편
이 이번 시험도 그르친다면 그땐 또 각오해라. 뭐해?
회초리 가져오지 않고!

강릉댁 나가고, 여아종 무서워 따라 나간다.
난설헌은 고개를 떨군다. 주제곡 선율이 무겁게 흐른다.

4장

3장으로부터 한 달쯤 후 — 시댁 내 난설헌의 처소. 안채.
방과 마루, 마당이 보인다.

저녁을 넘어 밤으로 가는 때, 방안에서 난설헌은 붓을 들어
시문을 적고 있고, 강릉댁이 곁에서 바느질을 하고 있다.

강릉댁 (열중하는 난설헌을 힐긋 보며) 또 뭐가 구물구물 나와요?
나는 달이 떠도 저것이 떴구나, 하고 꽃이 피어도 이것
이 피었구나 하는데, 아씨는 어떤 속이길래 그런 지렁
이가 구물구물 나온대요? 내가 젖 물려서 우리 아씨 키
웠지만두 그 속은 참말 모르겠어요. 이제 그만 하고 자
요. 그래 잠을 못 자니 어째요, 사람이 잠을 자야 살죠.

난설헌 유모. 난 이래야 살아. 이래야 다 풀려.

강릉댁 맛난 거 먹고, 술 묵고, 잠 푹 자야 풀리는 거 아니래
요?

난설헌은 시에만 열중이다.

강릉댁 아씨…

난설헌 응?

강릉댁　가뭄에 콩 나듯 얼굴 봐도 두 분 금술이 좋은가 봐요.

난설헌　무슨… 소리야?

강릉댁　아씨 달거리 빨래가 몇 달 안 나오잖소…

난설헌　(쓰기를 멈춘다) 마음을 안고 싶은데 어머님이 정해주는 날 신랑 오고 그럼 몸만 안게 되네. 아침이면 또 떠나고.

강릉댁　뭐 여튼 축하드려야 하는 거 아니에요? 예?

난설헌　아직 모르잖아. 누구한테 얘기하면 안 돼?

강릉댁　아이고야! 이럴 때 우리 서방님은 어디 가서 이 좋은 소식도 못 나누고 이리 속을 썩이시나?

난설헌　아직도 소식 없대?

강릉댁　독서당에 오늘도 안 들어오셨대요. 오늘이 나흘째라는데. 돌석아범도 한양성을 이 잡듯이 뒤졌는데 못 찾겠나 봐요.

어디선가, 강릉댁! 하는 소리 들린다.

강릉댁　아이 깜짝이야! 이 뭐야? 이 밤에 누가 날 불러!

문으로 허씨댁 여자하인 아낙과 남정네2(돌쇠)가 등짐을 진 채 들어온다.

아낙　강릉댁, 나야.

강릉댁　아니 이게 누구야? 서틀네 아니야. 돌쇠두 왔네!

아낙　아씨! 지들 왔어요!

남정네1 잘 계셨어요!

난설헌 아니! 반갑긴 하지만 이런 늦은 시간에 웬일들이야?

아낙 낮에 가지 말고 밤에 가라셔서. 작은 서방님이 보내셨어요.

난설헌 봉이 오라버니가?

아낙 예.

남정네1이 등짐 − 책과 붓이 든 보따리와 종이 뭉치를 내려놓는다.

아낙 선물이래요. 풀어보면 아신다고.

강릉댁 저번에도 한 보따리 보내시구선. 이거 이거 이 댁 사람들 별로 안 좋아해. 그나저나 누가 문 열어줬어?

아낙 행랑아범이…

강릉댁 뭐어? 아이쿠야…

아낙 왜?

강릉댁 올 일 있으면 나나 버들이한테 미리 귀뜸을 했어야지, 그 아범은…

벌써 시어머니가 들어선다. 뒤로 돌석아범이 뒤따르고 있고.

아낙 마님! 그간 안녕하셨습니까요! 죄송합니다요, 늦은 시각에…

시어머니 (돌석이 진 등짐을 보며) 뭔가?

아낙 예, 아씨 작은 오라버니께서, 뭘 좀 보내신다고.

시어머니 사돈댁 우애 깊은 것은 시집을 간 외인에게도 다르지 않는구만.

아낙 저 그럼 이만 가보겠습니다요!

강릉댁이 아낙과 남정네1을 데리고 나가는데…

아낙 아니 분위기가 왜 이래?

강릉댁 서방님 과거 시험 또 떨어지고 지금 실종 상태야.

아낙 뭐어? 실종?

강릉댁 쉿!

강릉댁이 아낙과 남정네1을 데리고 밖으로 나간다.

시어머니 난 이 야심한 시각에 사돈댁서 사람이 왔다길래 무슨 다급한 일인가 했다. (난설헌이 방금 쓰다만 시문을 본다) 참으로 희안하다. 이 묵향이 아들 머리맡에서 맡을 때는 그렇게 향기롭기 그지 없는데, 여기서 맡으면 머리가 지끈거리니. 그것 참.

난설헌 죄송합니다.

난설헌이 종이와 먹을 치운다.

시어머니 솔직히 말해 보아라.

난설헌 예? 무엇을요?

시어머니 성립이 여기 안 왔누? 하룻밤이라도.

난설헌 어머니⋯ 오면 어머님께 당연히 문안드리고 건너오지 그냥 저한테 오겠어요?

시어머니 (눈빛이 칼날 같다) 도대체 친정에서 뭘 배웠누? 왔느냐 하면 왔습니다, 안 왔습니다, 하면 될 것이지 어른한테 하는 대답 꼴이라니. 너를 어디서부터 어떻게 고쳐야 하누?

난설헌 잘못 했습니다.

잠시 사이. 시어머니의 시름이 지나간다.

시어머니 부부라는 것이 서로 어려울 때 가장 먼저 찾는 것이거 늘, 오죽하면⋯!

난설헌 ⋯

시어머니 (방금 난설헌이 적은 시문을 들어본다) 이런 게 나오니? 니 속에선 한가로이 이런 게 나와? 니가 이렇게 집안에서 문장가 노릇을 하니 니 서방이 급제를 해? (참았던 말) 니가 애물이야!

난설헌 ⋯

시어머니 5대가 내리 급제한 집에서 어떻게 이래? 무슨 귀신이 씌지 않고서야 우리 아이가 어찌 이래! 모두 니 탓이야! (시문을 찢어버린다) 이 지붕 아래서 이 시문이 뭐가 필요 하고 뭐가 쓸 데가 있니! 다 소용 없어.

시어머니는 성에 못 이겨 분을 못 이겨 자리에서 일어난다.
숨 한 번 몰아쉬고 그 힘겨운 자리 벗어나려한다.
며느리 방에 가득한 서책과 시문들을 본다. 멀미가 난다.

시어머니　내 언젠가 이 놈의 서책들 다 아궁이에다 처넣으리라!

시어머니 큰 숨을 몰아쉬며 나간다.
난설헌, 힘들다. 자꾸만 자꾸만 이런 일이 반복된다.

그때, 인물 – 1장때 나왔던 그, 서왕모가 나타난다.
서왕모는 그녀를 안스러워 한다. 안타깝다.
난설헌은 선물을 살피다가 편지를 발견하고, 편다.

무대 한쪽에 허봉 나타난다.

허봉　경번아. 신선 나라에서 내려주신 내 글방의 벗에게 작은 선물 보낸다. 우리 누이가 밤낮으로 철없이 시문 짓느라 종이가 얼마나 들고. 그게 또 시댁의 심려를 끼칠까 조금 준비하여 보낸다. 여기다가 맘껏 지으렴. 종이 아낀다고 생각 아끼지 말고 맘껏 생각나는 대로 적어보아. 그리고 책 한 권 보낸다. 당나라 두보의 서책, 두율 – 이라 하는데, 갑술년에 내가 임금의 명령을 받들고 황제의 생신을 축하하러 갔다가 오는 길에 얻은 것이다. 내가 보물처럼 몇 해를 가지고 있었는데, 이제 너

주려고 책 표지를 아름답게 다시 묶었다. 우리 경번의 손에서 사라져가는 두보의 소리가 다시 나올 법도 하다. 그걸 기다려도 되겠지? (사이) 또 기별하마.

난설헌   오라버니!

오빠 허봉은 사라진다. 난설헌 고개를 떨군다.
고개 들면 서왕모도 사라졌다. 난설헌 그녀를 찾지만 이미 없다.

그리고 강릉댁과 버들이가 들어온다.

강릉댁   아씨! 버들이가 서방님 찾았대요!

난설헌   뭐?

버들이   제가 누굽니까요? (강아지처럼 킁킁거린다) 서방님 똥냄새 찾아냈지요!

강릉댁   뗵! 주둥이 함부로 놀리지 말고, 어여!

버들이   너무 쉽던 데요. 소문이 사실이드라구요. 서방님 친구들이 왜 전에도 서방님이 기생집 자주 애용하신다고 했잖아요.

강릉댁   돌석 아범이 다 뒤졌을 텐데.

버들이   크크크! 새로운 곳을 뚫으셨더군요!

강릉댁   뭐?

버들이   아주 요물이 하는 데가 있었어요. 한양성 논다니 선비들은 다 알드라구요. 혹시나 하고 가봤는데 거기 우리 서방님 들르신 거 같아요!

난설헌　가자.

버들이　예?

난설헌　거기루 가자구.

버들이　지금요? 진짜요?

난설헌　유모. 서방님 갓이랑 도포 좀 나 챙겨 줘.

강릉댁　서방님 갓을요? 어쩌시려구요?

급히 암전.

전환하면, 기생집 마당.

이미 취한 젊은 유생 둘, 보인다. 누군가 기다리고 있다. 김성
립의 친구들이다.

유생1　어떻게 우리는 또 낙방이냐…

유생2　그러게.

유생1　마셔도 마셔도 취하질 않아.

유생2　그러게. (사이) 말도 마라. 난 처음에 붙었다고 했어.

유생1　뭐? 진짜? 그래서?

유생2　뭐가 잘못된 건지 발표가 다시 났다고. 내가 찾아 가서
항의 했더니, 불법적인 어떤 합격자가 생기는 바람에
난 밀려난 거라고.

유생1　뭐야? 정말 그렇게 부모님한테 말씀드렸어? 그랬더니?

유생2　어. 두 분이 한참 심각하게 말 없으시더니… 결국… 날

위로해 주시더라.

유생1 우와! 진짜 너희 부모님…

유생2 돈까지 챙겨주셨어. 어디 경계 좋은 데 가서 마음이라도 풀고 오라고.

유생1 너희 부모님 신선이시니? (글썽)

유생2 아 정말 효도하고 싶은데 세상이 도와주질 않네! (오는 기생들 발견하고) 온다, 와!

기생 1, 2 고운 자태로 걸어온다.

유생2 이화는? 안 와?

기생2 오늘 몸이 좀 안 좋대요. 다른 애로 불러올게요. 예?

유생2 안 돼! 저번에 우리 친구가 이화한테 쏙 빠져가지고 오늘 여기 온 거란 말야. 오죽하면, 이화보고 꽃 중에 꽃이라고 했어!

기생1 꽃 중에 꽃? 그럼 우리는요?

유생2 어, 니들은? (생각하고) 상추, 너는 봄동!

기생2 뭐예요?

유생2 (기생2 보며) 허허! 장난이야. 근데 넌 아무래도 우리 이모님이랑 연배가 같은데, 이러면 셈을 깎아야 하는 거 아니냐…

기생2 아, 증말! 나 열아홉이라니까!

유생2 알았다 알았어, 열아홉! 열아홉, 니가 어여 이화 좀 불러와 봐.

기생2   오늘 진짜 몸이 안 좋대. 아님… 셈을 좀 더 쳐주든가.

유생2   (엽전꾸러미를 빼주며) 아 진짜, 자꾸 이렇게 밀고 당김질 하면, 안 온다.

기생2   (엽전 챙겨) 이화 불러오리다. (간다)

기생1   이화 꽃물이 가슴에 배이면 평생 지워지질 않는데 어쩌 시려나… 흥! (간다)

유생2   들어가자. 성립이가 너무 상심해 하니까 이렇게라도 걔 마음을 풀어줘야지.

유생1   친구야! 너 같은 애가 정말 급제해야 하는데… 왜 자꾸 떨어지니?

유생2도 유생1을 따라 들어가면, 무대는 전환되어, 기생집 방으로 바뀌고,

김성립이 상 앞에서 기다리고 있는 게 보인다. 이미 취해 있다.

유생2   친구야! 많이 기다렸지? 이제 온다, 선녀가 와!

유생1   자자 건배하자.

김성립   (잔을 들고 진지하게) 친구들아, 안 되는 건 안 되는 거야, 그치… ?

유생1   성립아 기분 좀 풀자 이제…

유생2   (잔을 들며) 우린 비록 저저번 과거시험에도 함께 낙방했 고…

유생1   (역시 잔을 들며) 저번 시험에도 함께 낙방했으나…

유생2   이번 시험에도 또 우린 함께 낙방하였다!

유생1   그럼 다음 시험에는 꼭… (뭐라 할 말이 없다)

김성립   (그냥 쭈욱 마셔버린다)

유생2   뭐야? 건배를 하고 마셔야지, 자, (유생1에게 건배한다)

유생1   (건배하며) 과거를 묻지 마세여!

유생2   묻지 마세여!

두 사람 마신다. 그때, 이화가 들어온다.

고운 한복 차림의 이화가 들자 온 방에 꽃향기가 짙다.

유생들 입이 떡 벌어진다. 이화는 곱게 인사를 올린다.

이화   이화라고 하옵니다.

유생1   넌 역시 (도포를 들어 배를 보여주며) 배.꽃. 이화?

유생2   넌 정말 사람이 아니구나.

이화   제가 사람이 아니면 그럼 무엇입니까… (하며 미소를 지으니)

유생1, 2는 쓰러진다. 해머로 머리를 맞은 것처럼.

이화는 우는 놈 뺨 하나 더 때리듯 눈가에 웃음을 더 흘리며 유생들을 보며, '왜요, 왜요…' 하자, 유생들 몸부림치고 진저리 친다.

이화의 검은 눈동자가 옥구슬처럼 떼구르르 사내들의 정수리를 친다.

유생1   제발 날 보지 마라. 웃지를 마라.

유생2　옛말에 여우가 사람을 홀린다 하드니 정말 이를 두고 이르는 말이구나!

기생 1, 2 들어온다.

기생1　쳇! 흥!

기생2　봄동은 어디 서러워 살겠습니까?

유생1　(기생1을 먼저 붙잡으며) 우리 잠깐 나갈까?

기생1　(웃으며, 이화 흉내) 왜요?

유생1　(그 웃음에 화답) 몰라 잉. 따라와 봐. (하며 나가고)

유생2　(기생2에게) 우리도 그만 나가자.

기생2　왜요, 오라버니?

유생2　이모! 정말 왜 그래?

기생2　아, 진짜… (하며 따라나간다)

이제 김성립과 이화만 남았다.

이화　또… 오셨네요? (술을 따른다)

김성립　(받는다. 그리고 그녀를 본다) 다시 봐도, 이쁘구나.

이화　선비님도 역시 기품 있으십니다.

김성립　날 기억하느냐?

이화　선비님의 기품을 기억합니다.

김성립　돈을 주고 오늘 하루 니 마음 사러 왔는데 무슨 놈의 기품이냐?

이화　　선비님은 여느 남자와 다릅니다.

김성립　그래? 그럼 오늘 너의 온전한 마음을 내게 주겠느냐?

이화　　평생도 모시리다. 제 마음에만 들어오시면.

김성립　녹이는구나.

이화　　이미 녹았습니다. 우리 선비님 마음의 깊이는 금강산 계곡이요 눈망울의 깊이는…

김성립　그만 해라.

이화　　술이 부족하시네요. (술을 또 따르려 한다)

김성립　왜 더 취하라 하느냐. 이미 많이 마셨다.

이화　　(다가가며) 절 이리 취하게 만드셨으면 선비님도 응당 취하셔야지요. (더 다가가다가, 난설헌이 달아준 노리개를 발견한다) 예쁘다. 어느 여인의 것입니까? 당연히 부인의 것이겠지요?

김성립　(손을 치우게 한다)

이화　　부끄러워 하시긴. 아직 연모하십니까?

김성립　시끄럽다.

이화　　이미 몸은 저를 안으시고 마음은 (노리개 가리키며) 여기서 달롱거리고, 싫습니다!

　　　　　김성립은 부끄럽다. 이화는 시문이 적힌 종이 하나를 품에서 꺼내어 읽는다.

이화　　(읽는다) 청루곡(靑樓曲)[13]

---

13) 난설헌의 시를 의역하였다.

김성립   …

이화   난생처음 보네요 좁은 골목 화려한 기와집들 / 집집마다 수레가 늘어서 이 밤이 깊은 줄 모르고 / 봄바람이 불어와 손 흔드는 버들은 님의 손길이런가 / 말 타고 온 선비님은 꽃잎 밟고 또 어디로 가시나 / 당신 향한 그 꽃이 아직 당신 앞에 피어있는데

김성립   마지막… 구절이… 뭐라고?

이화   당신 향한 그 꽃이 아직 당신 앞에 피어있는데. 왜요?

김성립   누가 지은 거냐? 니가 지은 거냐?

이화   아니요, 아까 어떤 선비님이 오셔서 이걸 주고 가셨어요. (시문을 가리키며) 경번.

김성립   (빼앗아본다. 놀란다) 누구? 경번?

누군가 무례하게 불쑥 들어온다. 그 시를 주고 간 선비라는 사람.

이화   (알아보고) 어, 선비님 안 가셨네? 이 분이에요. 이 시를 주신 분.

김성립   (돌아본다, 알아본다)

난설헌이다. 남장을 하였다.

난설헌   김성립. 니가 여기 왜 있는 거야? 마음이 다쳤으면 나한테 왔어야지.

65

이화는 나가려 한다.

난설헌 (이화 쪽으로) 부럽다. … 니가 신선이고 선녀구나.

이화 …

난설헌 바깥세상 아녀자들은 모두 규방에 갇힌 새 한 마리 신세인데, 넌 여기서 훨훨 날고 있으니! 신선들의 어머니, 서왕모가 부럽지 않겠다.

이화 천것입니다.

난설헌 아니. 천한 사람이 어디 있니. 천한 마음만 있을 뿐이야.

이화 인사하고 나간다.

김성립 (난설헌 쪽으로) 이 천한 꼴 보니 이제 맘에 들어? 그래, 이 정도야. 진작에 보여주고 싶었어. 이 정도의 인간이다. 보여주고 싶었다구.

난설헌 시험 또 보면 돼. 아직 젊잖아. 일어서. 집에 가자.

김성립 그걸 위로라고 하는 거야? 사내 옷 입고 기생집에 나타나서, 그걸 지금 위로라고 하는 거야?

난설헌 김성립.

김성립 그 김성립 소리 집어쳐! 어떻게 감히 아녀자가 서방님 이름을 불러!

난설헌 소리 지르지 마.

김성립 지를 거야. 지를 거야. 난 남편이고 난 남자니까. 지를 거야!

그리고 존칭을 해. 예닐곱 애들도 아니고 어디 서방한
테 말을 그렇게 해?

난설헌 …

김성립 차라리 사내로 태어나지 그랬니? 응? 니가 사내로 태어
났어야 해. 그랬으면 그 잘난 문장으로 과거쯤은 턱 하
고 붙었을 텐데? 그치?

난설헌 … 그만하시지요.

김성립 왜 하필 나한테 시집왔어… 더 똑똑한 놈한테 갔어야
지. 늘 내가 우스웠지?
우리 집안에 시집 와서 후회막급이지? 다 보여! (노리개
를 풀어 난설헌 앞에 던져버린다) 이딴 거 필요 없어! 내가
달고 다니기엔 너무 무거워!

난설헌 집에 가시지요 서방님.

김성립 명령하지 마. 어디 감히! 넌 아녀자야! 여자라구! 여자
면 여자답게 남자 기를 세워주고… 내가 이렇게 된 거,
다 니 탓이야!

난설헌 …

김성립 집에 가! 어딜 니가 여길 와! 집에나 처박혀 있어!

난설헌, 참담하다.

5장

자막

2년 후, 1585년. 그녀가 떠나기 3년 전.

난설헌의 방. 창 밖 가을이 깊다.

난설헌의 방 앞 마루, 섬돌에 여인들 앉아 저마다 일을 한다.

마당엔 여아종이 하릴 없이 중얼거리듯 노래를 왼다. 그 주제

곡 선율이다.

강릉댁도, 버들이도, 다른 시댁 하인 여인네들도 여아종의 노

래를, 방해하지 않고 듣는다.

여아종   뭉게뭉게 구름 위로 / 난새 훨훨 날아갈제

　　　　　깨고 나면 비몽사몽 / 난새 울음 서러워라

노래가 끝이 나면.

버들이   저게 무슨 노래야?

강릉댁   몰~라! 언제부터 지 멋대로 저렇게 중얼거리는데…

버들이   난새? 난새가 뭐야?

아낙2   난새?

아낙3   못 들어봤는데?

강릉댁 저게 우리 아씨 쫓아다니더니 하나 배웠나보지.

버들이 아씨한테 물어봐야지… 도련님 재운다고 가셨는데… 함께 주무시나?

난설헌이 방으로 들어온다.

버들이 … 도련님은 자요?

난설헌 응.

강릉댁 애들은 누워있을 때가 이쁘고 잠자고 있을 때가 더 이쁘고 말 못할 때가 최고로 이쁘다고 하잖니.

난설헌 왜, 책 읽고 공부하고 시문도 짓고 의젓한 청년이 되면 더 이쁠 거 같은데?

강릉댁 아씨, 애들은 뱃속에 있을 때 제일 이뻐요, 그저 나오면 걱정이래요.

다들 또 까르르 웃는다.

아낙3 자식은 평생 근심이라잖아요. 안 생기고 안 낳는 게 편해요.

강릉댁 (손가락으로 쉿 시늉한다)

아낙3 왜애…?

난설헌 괜찮아, 유모. 재작년에 셋째 유산했을 때 우리 희윤이가 없었으면 어쩔 뻔 했어? 다들 우리 희윤이 놓칠 거라 했는데, 낼 모레면 세 살 생일이 돼. 얼마나 듬직해?

강릉댁   그래요, 다 아씨 정성이에요. 우리 희윤 도련님이 무럭
          무럭 자라서 우리 아씨한테 효도해야 할 텐데.

버들이   참, 아씨!

난설헌   응, 왜?

버들이   저게 부르는 노래 가사에요, 난새가 뭐에요?

난설헌   난새. 왜 궁금해?

아낙2   왜 그런진 모르겠는데 그 새 이름이… 좀 이상해요.

난설헌   그럼 오늘은 난새 얘기 해줄까?

버들이   좋아요!

아낙3   아씨 얘기 들으면 시간 가는 줄 모르겠어요, 얼른 해줘
          봐요.

다들 기대로 웃음 짓는다.

난설헌   옛날 송나라에 '범태' 라는 시인이 ?난조시서?라는 시
          에서 처음 난새를 얘기했는데 옛날에 계빈왕이 산에서
          그물로 난새 한 마리를 잡았어. 왕은 난새의 노래가 매
          우 아름답다는 소문을 들은 터라, 난새에게 노래를 기
          대하였지만 뜻을 이루지 못했어. 난새는 노래를 하지
          않았거든.

아낙2   왜 안 했지?

강릉댁   모가지에 뭐가 걸렸나?

아낙3   난새가 아니라 다른 새를 잡아온 거 아니야? 넌새! 논새!

아낙2   이유가 있겠지, 그래서요?

난설헌　왕은 난새를 금으로 장식한 새장에 넣어주고 온갖 맛있는 음식을 주었지만, 그래도 난새는 점점 더 슬픔에 젖어서 삼 년 동안이나 한 번도 울지 않았대.

강릉댁　벙어리 아니야?

아낙2　3년이면, 이야! 왕 애간장이 왕 녹았겠네.

아낙3　나 같으면 그 새 구워먹어 버리지. 가만 둬?

아낙2　그 새가 무슨 생각이 있었겠지.

아낙3　새대가리가 무슨 생각을 해?

버들이　아 진짜, 다음 얘기 좀 들어봐요!

난설헌　왕은 혹시나 하고 거울을 하나 새장 앞에 걸어서 새가 자기 모습을 비춰볼 수 있게 하였대.

아낙2　왜요?

아낙3　거울을? 왜 그랬을까? 무슨 생각으로? 그래서요?

버들이　진짜…

아낙3　야, 너나 조용해. 니가 제일 시끄러! 아씨 계속하세요.

난설헌　그러자 난새는 거울에 비친 자기 모습을 보고는, 갑자기 슬피 울기 시작했대.

아낙2　아!

아낙3　왕이 똑똑하네!

강릉댁　그러니까 왕이지!

버들이　아, 시끄러. 집중 안 돼.

난설헌　난새의 그 슬픈 울음소리는 하늘 끝까지 울려 퍼지고 천지만물이 깨어나고 모든 사람들이 난새의 울음소리에 혼을 잃고 넋을 놓았지. 그 울음은 너무도 처연하고

아름다웠거든. 그리고 그 난새는 결국 거울을 향해 달
려 나가 머리를 부딪쳐 죽고 말았대.

강릉댁　아이구야!

난설헌　난새가 부딪친 거울엔 피가 가득했고, 왕이 그 죽은 난
새를 보듬었는데, 따뜻한 새의 주검에서 능소화 향기가
풍겨 나왔다고 해. 그게 슬픈 난새의 이야기야.

적막.

강릉댁　그냥 울어달라면 울어주지 뭘 들이박고 죽나… 에구…
쯧!

버들이　진짜 슬프다. (눈물을 찍어낸다)

하인 중 아낙 하나 … 끼어든다.

아낙2　난 하나도 안 슬픈데요?

버들이　왜요?

아낙2　그 난새도 행복할라고 거울에 뛰어들어 죽은 거야.

버들이　예애? 그게 말이 되요? 선지피를 뚝뚝 흘리며 죽었을
텐데 그게 행복할라고 그런 거라구요?

아낙2　난새는 왕 앞에서 노래하는 게 더 슬픈 거라고 생각했
던 거야.

강릉댁　왕인데? 밥도 엄청 잘 줬을 텐데.

아낙2　우리 처지를 봐라야, 주인이 밥 주니까 행복해? 종살이

가 체질에 맞아? 아씨 앞에서 할 얘기 아니지만.

난설헌 나두 똑같아.

아낙2 에이, 아씨가 어떻게 저희 상것이랑 똑같아요?

난설헌 새장 안에 있는 건 똑같아.

아낙2 에이, 그래도… 많이 달라요.

여아종 아까 그 노래를 흥얼거린다. 아낙들 다시 여아종을
본다.

아낙3 우리는 그렇다치고, 저것도 딱하다. 양반 씨앗이라는데
지 근본도 모르고…

강릉댁 야, 그렇다고 머리 들이받고 죽어야겠니?

아낙2 난새처럼 그러기가 어디 쉬운 줄 알아요? (하며 아씨를
슬쩍 째려본다)

강릉댁 (그 눈빛을 의식하여) 야야, 우리 아씨가 친정에 살았으면
진짜 진짜…!

난설헌 무슨 얘길 할려구 또.

강릉댁 진짜 이건 말도 안 되요…

뒤켠에서 돌석아범이 허균과 함께 등장하나 끼어들지 않고
잠시 뒤에서 듣는다.

강릉댁 이럴 때면 우리 건천동 대감마님이 미워요. 아씨 그때
시집 보내지 말고 그냥 데리고 사시든가, (눈치 보며) 다

른 신랑으로 짝을 지어 줬어도…

난설헌 그랬으면 우리 희윤이도 못 만났겠지… 난 좋아.

강릉댁 거짓말 마요. 이 집 와서 잘 된 게 뭐 있어?

아낙2 쉿! 행랑아범 그 똥강아지가 들으면 어쩔라고…

돌석아범 헛기침한다.

아낙3 저 인간, 양반이 아닌 이유가 너무도 뚜렷하네. 지 말
하면 나오잖아.

여인네들 다들 킥킥댄다.
이제 돌석아범 아낙들 노려보며 나아온다.

돌석아범 아씨마님! 건천동 친정 도련님이 오셨는데요.

강릉댁 (여인들에게) 자자, 우린 이제 그만 일어서자구!

모두들 돌아간다. 돌석아범도 나간다.
허균이 난설헌과 만난다. 편지로는 왕래가 있었으나, 최근에
뜸했고, 또 이렇게 직접 만나는 건 정말 오랜만이다.

허균 경번 누나.

난설헌 교산[14] 아우.

허균 달빛에 우리 누이 보니 참 이쁘네.

---

14) 허균의 호이다.

난설헌 술 냄새. 술 마셨구나.

허균 흠. 마셨지요. 많이 마셨습니다.

난설헌 술이 우리 동생을 마실까 걱정입니다. (미소)

허균 석 잔이면 대도에 통할 수 있고 한 말이면 자연과 하나가 될 수 있다 했습니다.

난설헌 이태백? 문장은 안 배우고 술만 따라 하시는 거 아닙니까.

허균 아이구 따가와라! 우리 누님 말씀회초리!

난설헌 (웃는다) 나이 먹으니 넉살만 느는구나.

허균 난새 얘기를 하네?

난설헌 응.

허균 조롱에 갇힌 새라, 흠, 인간이라면 다 그 처지 아닌가. 주어진 세상, 주어진 신분, 그 조롱을 생각하면 다 난새 처지지. 하지만 슬프다고만 생각하면 세월만 무상하지, 그 조롱을 바꾸거나 그 조롱을 깨뜨리면 되는 거지.

난설헌 그 생각은 못 했네?

허균 노래하거나 아님 들이받거나. 우리 집안사람들 보면 대체로 들이받는 거 같아.

난설헌 (웃는다) 말 한 잘 한다. 내 동생.

허균 (시를 읊다) 동쪽집[15]의 세도가 불길처럼 드세던 날 풍악 소리 드높았지

난설헌 (받는다) 북쪽 이웃들은 가난해 주린 배 안고 쓰러졌지

---

15) 난설헌의 시, 「감우」중 한 편.

난설헌과 균이 시를 주고받는 동안 한시가 투사된다.

東家勢炎火 (동가세염화)
高樓歌管起 (고루가관기)
北隣貧無衣 (북린빈무의)
?腹蓬門裏 (효복봉문리)
一朝高樓傾 (일조고루경)
反羨北隣子 (반선북린자)
盛衰各遞代 (성쇠각체대)
難可逃天理 (난가도천리)

허균 그러다 뒤집혀서 북쪽 이웃들의 세도가 불타 오르니.

난설헌 … (멈칫, 슬픔이 인다)

허균 (웃으며) 동쪽 집은 기울어지며 부럽다 부럽다 하였겠지
홍하고 망하는 게 하루 아침이구나
바뀌고 또 바뀌는 그 하늘의 이치를 누구라서 알리오

난설헌 … 넌 정말 내 시를 다 외우고 있구나?

허균 운만 떼어 보세요. 누나 시라면 다 외우고 있습니다. 근데 요새는 왜 편지 안 보내십니까. 누이의 시를 받아보는 게 저의 제일 큰 낙인데!

난설헌 응, 희윤이 돌보느라 집안 일 하랴…

허균 누나… 누나는 다른 사람과 다릅니다.

난설헌 다를 게 뭐니. 다 똑같지.

허균 (언성이 조금 높아진다) 아아, 정말! 답답하다. (둘러본다)

76

이 놈의 새장을 어찌하나!

난설헌　균아, 정말 너 취했구나.

허균　… (한숨을 쉰다. 힘들어한다)

난설헌　왜 그래, 무슨 일이야?

허균　강릉 외삼촌 있잖아. 어제 부음을 들었어.

난설헌　아아. 어떡하니.

허균　음… 더 큰 일도 있어요.

난설헌　더 큰 일?

허균　… (다시 한숨 한 번 쉬고) 형님이 귀양을 가게 됐어.

난설헌　뭐? 왜애?

허균　율곡 대감을 탄핵했거든. 주상께서 아끼시는 율곡 대감을 호되게 나무라며 물러나지 않고 연일 탄핵을 하니 어쩌겠어? 동인쪽에서 형님이랑 함께 한 세 사람의 선비 모두가 귀양을 가게 됐어.[16]

난설헌　…

허균　아버지도 좌천되셨어. 멀리 경상 감사로 가시게 됐어. 서인들은 아버지의 인물됨으로 그 자리를 주었다고 승

---

16) 계미삼찬[癸未三竄], 1583년(선조 16) 동인 계열의 박근원(朴謹元)·송응 개(宋應漑)·허봉(許?) 등이 이이(李珥)를 탄핵하려다 모두 유배된 사건을 말한다. 당시 병조판서였던 이이가 왕권을 무시하고 병권을 제 맘대로 한 혐의가 포착되어 탄핵을 시도하였으나 선조는 이이를 아꼈고 그 바람에 역풍을 맞아 세 사람의 선비가 한꺼번에 귀양을 가게 된다. 나중에 아버지 허엽의 영의정 친구의 도움으로 귀양에선 풀려나지만, 한양에는 못 돌아 오게 그를 막고 허봉은 금강산 절간을 돌며 술로 세월을 보내다 결국 죽음을 맞게 된다.

진이라고 떠벌이지만 편찮으신 노구를 끌고 거기까지 보낸 데는 다 계략이 있어. 망할 서인 놈들!

난설헌 그럼 오라버니는 어디로?

허균 함경도 갑산.

난설헌 아아,

허균 내가 요새 생각이 많아. 동인 서인 골이 깊어지고 그 싸우는 모양이 진리는 간 데 없고 니 편 내 편만 있어. 답답하다. 언젠가 나도 그 길에 들어서면 난 어디 어떻게 서 있어야 할까.

난설헌 … 오라버니, 아버지, 어떡하지…

허균 누나 지금 우리가 할 수 있는 일은 아무 것도 없어.

난설헌 (그게 슬프다) …

허균 근데 외삼촌 초상 치르러 가야하는데 누나는 갈 수 있겠어?

난설헌 그러게, 보내주실까? 먼 길인데…

오누이가 그렇게 달빛 아래 슬픔 가득 서 있다.
밤새 소리 운다. 처절하다.

6장

자막

강릉, 반곡서원.

파도소리 드높다. 강릉 반곡서원. 외삼촌이 머물던 곳. 초상집.
밤은 깊고, 하늘은 바다마냥 코발트빛이다.

서원의 방엔 서책이 천 권쯤 가득 한 게 인상적이다.
그 서책들 속에서 난설헌은 참으로 오랜만에 행복하기만 하
다. 상복을 입은 난설헌은 책들을 만져보고, 빼서 읽어보기도
하고, 그 중 한 권은 꺼내어 앉아 읽으며, 평온한 적막감속에
서 안정감을 느낀다.
마루에선 강릉댁이 무슨 시름으로 달맞이 하며 정선아리랑
한 소절 부른다.

강릉댁　　타관객리 외로이 있다고 괄시를 마라
　　　　　　세파에 시달린 몸 만사에 뜻이 없어
　　　　　　홀연히 다 떨치고 저녁노을 바라보는데
　　　　　　눈앞에 왼갖 것이 모두 시름뿐이라

　　　　　　아리랑 아리랑 아라리요

아리랑 고개로 나를 넘겨주소

노래를 듣고 서서히 나와보는 난설헌.

난설헌 노래 좋다. 우리 유모 노래 잘 하네…

강릉댁 우리 아씨는 외삼촌 책방이 좋으신가 보네. 여기 강릉
땅 온 뒤로 눈만 뜨면 이 방에 오셔서 나오시지를 않으
니. 여기가 그렇게 좋으세요?

난설헌 이 책 냄새… 정말 내 고향 같아, 여기.

강릉댁 (하품을 늘어지게 한다) 으아아~~~~하하하~~~ 하옴야!
전 이만 잘래요. (가다가 돌아서서) 외삼촌 말이에요. 동
네 사람들이 그래요. 아무래도 죽은 것 같지 않다고. 신
선이 된 거 같대요. 돌아가시기 전날까지 여기서 밥 드
시고 술 드시고 책도 보시고 했대요. 그리고 그러시드
래요. 내일쯤 떠나야겠다고. 믿겨지세요? 어찌 사람이
자기 떠나는 날을 아나?
(들어가며) 그나저나 우리 희윤 도련님이 오늘은 울지도
않고 잘 주무시네? 어디 보자…? (다시 하품 늘어지게 하
며 나간다)

강릉댁, 나간 자리에 반대쪽에서 이달 등장한다. 술병을 들
었다.

이달 놀라지 말어. 사람이다.

난설헌 손곡 스승님이세요?

이달 거지다.

난설헌 스승님! 얼마만이에요? 지금 오신 거예요?

이달 응. 어디 보자. (얼굴을 살핀다) 엄마가 다 되었구나.

난설헌 예. 셋을 얻었지만 지금은 한 아이만 곁에 있네요.

이달 그래. 이름 달래던 꼬마가 벌써 이렇게… 허허…

난설헌 시문은 많이 지으세요?

이달 내가 그거 말고 할 게 뭐 있노? 넌?

난설헌 모르겠어요.

이달 모르겠다?

난설헌 제가 뭘 할 수 있는 지.

이달 너나 나나 똑 같아.

난설헌 예? 뭐가요?

이달 이름 달라며 떼를 쓰던 널 보는데, 그런 생각 했다. "이
놈아, 여자로 태어난 니가 뭘 할 수 있겠냐!"라고 말이
야. 나도 마찬가지지. 우리 아버지는 지체 높은 양반님
네, 우리 어머니는 천한 관기! 내가 세 살 때 마루에서
감잎 떨어지는 거 보면서 깨달았어. 난 서자다. 내가 이
조선 땅에서 할 수 있는 건 아무 것도 없다. 그때, 세 살
때가 난 인생에서 제일 힘들었다. 다섯 살 때까진 극복
을 못 했어. 여섯 살이 되니까, 살아야겠단 생각이 들더
라고! 죽을 순 없잖아. 개똥밭에 뒹굴더라도 내가 여기
있어야겠구나. 내가 차라리 개똥이 되어 조선 팔도를
다 굴러다녀도 날 개똥으로 만든 그 놈들 앞에서 헤헤

거리며 웃고 잘 살아야겠구나! 그게 내가 살아갈 방도 구나! 하고 말야.

난설헌 …

이달 초희야, 힘들지? 미안하다 아이 때 이름을 불러서. 난설헌이라고 해야는데.

난설헌 스승님 앞에선 늘 초희죠.

이달 초희야, (파도소리 가리켜) 저 파도 좀 봐라. 저 미련한 것 좀 봐. 저게 수만년 전부터 저 짓이다. 저렇게 사납게 뭍에 오르겠다고 밤낮으로 발악을 해요. 근데 아직도 뭍에 못 올라와. 세상이 그래. 안 바뀌어.

난설헌 …

이달 초희야, 세상과 싸우지 마라. 이젠 이름 따위 버려. 그냥 바보로 살어. 그게 니 살 길이다.

난설헌 그럴 수 없으면요?

이달 그 새가… 아직 살아있느냐? (사이) 허허허! 술땡! 술땡… (나간다)

이달이 나가고 혼자 남은 난설헌! 시름이 순식간에 깊어지고 아픈 회상이 떠오른다. 무대 한 쪽. 취한 김성립이 나온다.

김성립 부인, 우린 아이들 복이 참 없나 봅니다. 큰아이는 돌림병으로 잃고 또 한 아이는 뱃속에서 잃고, 남은 한 아이는 병치레로 늘상 누워만 있고… 남들은 잘도 낳고 잘도 키우는 애를 우린 참 힘드네요. (한숨을 쉰다) 올해는

82

과거 시험도 안 볼 생각입니다. 보면 뭐 하겠소… 팔자
에 없는데… 경번! 왜 그대는 경번이오! 이름 없는 아녀
자면 안 되겠소? 나의 대단하신 부인! 에이그!

많이 취했다. 성립의 뒤로 시어머니가 나온다.

시어머니   인상 쓰지 마라! 정말 힘든 건 우리 집안이야. 똑똑한
아들은 반편이 되고, 후사는 제대로 잇지도 못 하고, 입
이 있으면 얘길 해 봐! 니가 여자로서 뭐 하나 내세울
게 있는지. 너를 데려오는 게 아니었다.

김성립 돌아본다, 시어머니가 있어 나갈 수도 없다. 막힌 형국.

김성립   부인. 기별 있을 때까지 강릉에 잠시만 머무르시오. 쫓
아내는 게 아니오. 어머니 말이 이번 과거시험 볼 때까
지만 떨어져 있으라고 합니다.
난설헌   좋아요, 그럼 차라리 나 여기 강릉 땅에서 그냥 살게 해
줌 안 되나요?
김성립   … 부인…

시어머니 뒤로 시아버지 김첨이 나타난다.

김첨   안 될 말이다. 말도 꺼내지 마. 아녀자를 쫓아내는 일
우리 가문에 없다.

김성립   그 사람 죽을 지도 몰라요. 이 담장 안에선 숨을 못 쉬
는 사람이에요.

김첨   그럼 그러라고 해. 죽어도 우리집 담장 안에서 죽어야
하고 우리 선산에 묻혀야 돼!

김성립 절망한다. 파도소리 더 높아지고, 바다안개도 인다.
이달과 시아버지, 시어머니, 김성립은 사라진다.

적막 가운데 홀로 남은 난설헌 앞에 서왕모[17]가 나온다.

서왕모   아직 무슨 미련이 남아있누…

난설헌   (서왕모를 본다. 그리고) 난 왜… 이곳에 태어났을까. 왜
지금 이 곳에.

서왕모   세월이 더 흐르면, 세상은 달라져 있을까?

난설헌   난 왜… 여자로 태어났을까.

서왕모   사내로 태어났다면 뭘 하고 싶었는데?

난설헌   난 왜…

서왕모   김성립의 아내가 되었을까?

난설헌   … (고개를 숙인다)

서왕모   넌 누구야?

---

17) 서왕모는 전설 속에서 신선 중의 으뜸이요, 본래 죽음을 관장하는 여신으
로 나왔으나, 후세에 의해 아름다운 여인으로 화한 신선이다. 서왕모는 신
선들의 산인 곤륜산에 있으며, 서왕모는 하나만 먹으면 천년을 살 수 있다
는 천도복숭아가 3600그루가 있는 숲, 이른바 반도원을 관리한다고 한다.

난설헌 … 끊임없이 묻고 물었어. 내가 왜 여기에 와 있는지. 근데… 모르겠어.

어렸을 때 이름을 달라고 마루 아래 숨었어. 사람들이 오면 다른 곳으로 숨었다가 또 마루 아래 숨어들고. 추워서 죽을 것 같았는데 그럴수록, 내가 힘들수록 내 뜻을 이룰 수 있을 거 같았어. 아아! 난 아직도 마루 아래 숨어 있는 거 같아. 세상이 주지 않으려 하는 걸 얻기 위해서! 그걸 어떻게든 얻기 위해서! 그 추운 마루 아래서 아직도 덜덜 떨면서 기다리고 있는 거 같아.

서왕모 뭘 더 기대해? 내가 보여줄게. 니가 떠나온 곳. 그리고 니가 돌아갈 곳.

난설헌 뭐라고?

서왕모의 손짓으로 환상이 나타난다. 신선의 땅.

서왕모 광상산. 신선세계 십주 가운데서도 가장 아름다운 곳. 기억나니?

난설헌 (고개를 젓는다)

서왕모 넌 그곳에서 살다가 이 땅으로 쫓겨난 선녀였어. 그래서 이 세상과는 연이 없는 거야. 세상은 아주 하찮은 거야. 미련 두지 마. 이제 때가 되었어. 그만 니가 떠나왔던 그곳으로… 돌아가자.

난설헌 때라니? 그곳이라니? 여길 두고 어디로?

서왕모 영생을 줄 테니 이제 이 세상은 버려. 니가 처할 곳이 아냐.

난설헌 (신선의 땅을 본다) 아니. 아니. 난 몰라. 난… 난설헌, 허엽의 딸이며, 허봉의 누이동생이며 허균의 누나야.

서왕모 이제 그 이름은 사라질 거야. 이제 잊어야 해. 놓아야 해.

난설헌 아니야! 난 초희이고 경번이고 난설헌이야!

안쪽에서, 아씨를 찾는 강릉댁의 다급한 소리 들린다. 나온다.

강릉댁 아씨! 아씨! 어떻게! 어떻게! 이런 일이… 도련님이!

난설헌 희윤이? 희윤이가 왜…

강릉댁 (무너진다) 이럴 수는 없어요. 어떻게 어떻게… 아씨…

난설헌 그게 무슨 소리야? 우리 희윤이 잘 자고 있었는데 왜…

난설헌이 나가다가 맥이 풀린다. 주저앉는다.
서왕모가 안타깝게 바라본다.

난설헌 안 돼. 안 돼. 희윤아 어디를 가니. 이 어미를 여기 두고 니가 어디를 가니.

아가! 희윤아! 희윤아!

난설헌의 절규가 처절하다. 몸서리치는 난설헌을 강릉댁이 안아준다.

7장

자막

3년 후, 1589년 3월 어느 날, 그녀 나이 스물일곱이 되었다

그녀는 이제 방에서 나오지를 않는다. 시에만 매달리고 있다. 돌석아범이 시댁 하인 여인네들과 그 방을 걱정스레 바라보고 있다.

방안에서 그녀의 시조창이 들린다. 몸은 약할 때로 약해졌지만 소리만큼은 고결하고 힘이 있다.

감우(感遇)

盈盈窓下蘭 枝葉何芬芳 (영영창하란 지엽하분분)
西風一被拂 零落悲秋霜 (서풍일피불 영락비추상)
秀色縱凋悴 淸香終不死 (수색종조췌 청향종불사)
感物傷我心 涕淚沾衣袂 (감물상아심 체루점의메)

(해석)
하늘거리는 창가의 잎이 어쩌면 이다지도 향기로울까
가을바람 잎새에 한 번 스치고 가자 가엾게도 찬 서리

에 다 시들었네

빼어난 그 모습은 시들어버려도 맑은 향기만은 끝내 죽
지 않아

그 모습 보면서 내 마음 아파져 눈물이 흘러 옷소매를
적시네

돌석아범 가서 종이란 종이는 다 **빼** 와. 알겠지? 마님 엄명이야.

아낙2 저번 날도 한 번 했는데.

돌석아범 누가 또 넣어준 게지.

아낙3 난 절대 아니야.

돌석아범 강릉댁 당한 거 봤지?

아낙3 봤지, 아씨 종이 넣어드리다가 흠씬 두들겨 맞고 반죽
음 돼서 내쫓기는 거 봤지. 암.

아낙2 아 글쎄 우리 중엔 이제 없어.

돌석아범 그러니 붓이고 벼루고 종이쪼가리라고 보이는 것은 하
나도 남김없이 **빼**오라고. 알겠어? 남정네들이 들어가
서 해볼 도리가 아니잖어, 그래도 아씨 계신 방인데.

아낙2 아씨? (비웃는다) 이 구렁이야!

여인네들 들어가 시에 열중인 난설헌을 제치고, 종이며 붓이
며를 빼앗아온다.

난설헌 황망하다. 올려다 볼 뿐이다.

아낙2 우리 원망 마시오. 우리가 뭔 힘 있수?

아낙3	말은 알아 들으시나?
아낙2	아씨! 우리가 누군 줄은 분간이 가요?
난설헌	(올려다본다. 손만 내민다. 달라고)
아낙2	이거 달라고? 안 돼요.
난설헌	(달라고 손을 내민다)
아낙3	애기가 된 건가? 정신이 이상해 뵈지?
아낙2	통 먹은 게 없잖어. 무슨 병이 왔는지도 모르고.
아낙3	(난설헌을 향해 돌연) 야,
아낙2	(놀란다) 뭐해?
아낙3	야, 너 왜 여기 있어? 누구야 너? 어? 너 누구냐구? 야!
아낙2	이 사람이. (하고는, 자기도) 야… 이 빙신아… 너 하나 때문에 강릉댁이 피곤죽이 됐다. 어떡할래?
아낙3	그래… 니가 그 꼴을 봤어야지.
아낙2	야, 이거 삼삼하다. 우리가 언제 양반한테 욕을 해보니…
아낙3	그러게. 야 이 바보천치야 너 죽지도 않고, 참 고생이다.
돌석아범	(밖에서) 뭘 지체하고 있어? 어서 챙겨 나오질 않고!

여인네들 나온다. 그리고는,

아낙2	(돌석아범에게) 완전히 정신을 놨어.
아낙3	빙신이네. 아주 빙신이 됐어.
돌석아범	이것들이! 아씨마님한테!
아낙2	오죽! 이 능구렁이야!

그들은 수런수런 몰려나간다. 돌석아범 살피고는 나간다.
몰래 버들이가 소반에 죽을 차려들고 나온다.

버들이 (하늘 한 번 올려다보고) 아씨, 오늘은 날이 흐려요. 비라
도 올 거 같아요. 3월에 비 오면 많이 추운데. 아씨는
안 추워요? 제가 자꾸 와서 군불을 때는데 그것도 눈치
가 보여서요. 저 여기 자주 오면 안 돼요. 참, 아까 사람
들이 그러는데요, 이상한 얘길 해요. 남쪽 바닷가에 왜
놈들이 난리래요. 예전에도 노략질은 해댔지만 이번에
는 좀 뭐가 다른가 봐요. 아유 무서워라. (몸을 떠는 시늉
을 하고는) 아씨, 죽이라도 뜨셔요. 오늘은 특별히 맛있
게 했어요. 제가 더 정성을 들였거든요. 아씨⋯?

대답이 없다. 그녀는 이젠 시만 열심히 쓰고 있다. 그림자 일
렁이고 있다.
버들이는 소반을 내려놓고 주변을 둘러보고는 숯조각을 내
민다.

버들이 아씨, 이거 숯이에요. 붓이 없어도 이걸로 쓰시면 되요.
난설헌 (밝아져서 손을 내민다)
버들이 아니요. (감춘다) 이 죽 드셔야 해요. 그래야 드려요.
난설헌 (버들이의 머릴 매만진다. 고맙다는 듯)
버들이 아씨⋯ 지발 힘을 내셔요. 그러시려면 이거 드셔야
해요.

난설헌 (입을 벌린다)

버들이 (울며, 한 숟갈씩 아씨한테 죽을 먹인다) 감사해요 감사해요. 아이고 우리 아씨 잘 드시네. 그래요. 살으세요. 이 몹쓸 세상에 더 살아주세요. 그래야 이 버들이두 살 희망이 있는 거잖아요.

난설헌 (다 먹었다. 손을 내민다)

버들이 (숯조각을 건넨다)

숯조각을 받아든 난설헌 곧바로 바닥에 시문을 적기 시작하는데, 토한다.

그 먹은 걸 다 토하고 만다.

버들이 아이고, 아씨, 그걸 다 토하심 어쩐대요. (운다, 토한 설 닦으며 엉엉 운다) 계셔요. 또 해올 게요. (나간다)

난설헌은 아랑곳 않고 온 바닥에, 벽에, 문짝에, 기둥에 시를 쓴다.

시에 매달리는 그녀의 광기가 처절하다.

그 즈음, 난설헌의 거처 주변에 여아종이 나타나 맴돈다. 그 노래를 한다.

여아종 구슬 바다 출렁이고
푸른 난새 울음 울 때
스물일곱 연꽃 송이

찬 서리에 떨어지네

여아종의 노래가 난설헌의 광기 주변을 맴돈다.

난설헌 깊은 규방에 갇혀서 그리움을 끊으려 해도 그대가 생
각나니 심장이 터질 듯 하네 인생을 타고난 것이 너
무도 차이가 지니 남들은 즐기지만 이내 몸은 평생
혼자였더니

여아종 구슬 바다 출렁이고

돌석아범이 마당에 나타난다.

돌석아범 궂은 소식 전해드려서 송구합니다. 그래도 알려드려야
할 것 같아서요. 방금 친정아버님이 돌아가셨단 전갈을
받았습니다. 병이 위중하여 경상감사 그만 두시고 한양
성 올라오시다 그만 상주 공관에서 유명을 달리 하셨다
합니다.

난설헌은 괘념 않고 시에 열중한다.

난설헌 신선께서 봉황새를 타고 한밤중에 조원궁에 내려오셨
다 요지 봉우리에서 나를 맞으시고 유하주 한 잔을 권
하시더니 푸른 옥지팡이 빌려주시며 부용봉에 오르자

고 인도하신다.

여아종　푸른 난새 울음 울 때 스물일곱 연꽃 송이

돌석아범　그 뿐 아니옵고, 오라버니 되시는 허봉 나으리도 아버님 친구분 되시는 노수신 영의정 대감의 주청으로 겨우 귀양에서는 풀려나셨는데, 주상 전하 화가 안 풀리셔서 한양성에는 못 들어오게 했답니다. 그래서 금강산 암자를 떠돌다가 그만 「한담」을 얻으시고 매우 힘들어 하시다가, 김화현 생창역에서 유명을 달리 하셨다 합니다.

난설헌　구슬 바다 출렁이고 푸른 난새 울음 울 때 스물일곱 연꽃 송이 찬 서리에 떨어지네.

여아종　찬 서리에 떨어지네 아아… 아아… (구음 이어지고)

돌석아범　이런! 우리 대감마님 안방마님 무슨 전생에 업보가 있어서 이런 여자를 며느리로 들이셨나? 내 가슴이 더 미어지고 찢기누만. 저 미친 것을 어째?

난설헌 비로소 숯을 놓는다. 그리고 돌아본다.
돌석아범 놀란다.

난설헌　돌석아범.
돌석아범　(놀란다) 예? 저요?

난설헌	자네 말고 여기 누가 또 있나?
돌석아범	예, 예. 왜 그러십니…까?
난설헌	이 방에서 가지고 나간 내 시문들 다 가지고 있나?
돌석아범	이… 에… 그것이 돌려드릴 수는 없습니다요…
난설헌	달라는 게 아니야. 다 가지고 있느냔 말이네.
돌석아범	예. 광에 있습니다.
난설헌	다 가지고 와서 태우게.
돌석아범	예?
난설헌	난 내일 아침 일찍 여기를 떠날 거야. 내가 떠나는 대로 그 시문들을 하나도 남김없이 내와서 다 태우란 말일세. 한 편의 시문도 여기 남아있어선 안 되네. 알겠는가?
돌석아범	예, 예. 그리 합지요.
난설헌	(버럭) 허투루 대답 말고 명심하게! 단 한 편도 남기지 말고, 모두 태워야 할 것이야. 약조하겠는가!
돌석아범	예. 그럼 이 기둥이며 마루며 바닥에 쓰여진 시문들은 어찌 합니까.
난설헌	이 집을 통째로 태우든지 그건 알아서 하게.
돌석아범	그런데 내일, 어디… 가십니까?

서왕모가 나타난다. 난설헌이 그녀를 본다.

서왕모	올해 스물일곱이 되었네.
난설헌	연꽃 스물일곱 송이 찬 서리에 떨어지네…

돌석아범　예?

서왕모는 난설헌을 이끈다.

난설헌은 그녀를 따라 제 방으로 향한다. 들어간다. 문을 닫
는다.

돌석아범 겁에 질려 서서히 물러난다.

여아종이 난설헌이 들어간 그 방문 앞 빈 마루에 앉는다.

여아종　아씨. 제게도 이름을 지어주세요. 왜 전 여적 안 지어주
세요. 제게도 이쁜 이름을 지어주세요. 세상을 살아갈
이름을 지어 주세요.

답은 없다. 여아종은 답을 기다린다.

8장

자막

그녀가 떠났다. 1589년 3월 19일.

난설헌의 처소 앞. 안개.
돌석아범이 모닥불을 피워 난설헌의 시문들을 태우고 있다.
김성립은 상복 차림으로 황망히 앉아 있다.

돌석아범   그만 들어가십쇼. 날이 춥습니다. 제가 마저 다 태우고
들어갈 테니 서방님은 먼저 들어가셔요.

김성립   …

돌석아범   서방님 힘겨워 하시는 모습 참말 보기 힘듭니다.

김성립   정말 그 사람이 이러라고 했단 말이지.

돌석아범   그럼은요. 제가 어디 거짓을 아룁니까.

김성립   이걸 다 태우라 했어?

돌석아범   예, 예.

서왕모와 난설헌, 나타난다. 난설헌은 선녀의 모습처럼 아름
다운 모습이다.

서왕모   왜 그랬어? 그렇게 태울 거면 뭐 하러 그리 매달렸고.

난설헌 누구 보이려고 쓴 게 아니야.

서왕모 그래도 니가 다녀간 흔적을 다 태우는 거잖아. 니 이름은 어떡하고.

난설헌 무슨 이름? 천지 어디에도 내 이름은 없어. 난 아녀자니까.

서왕모 이깟 세상 비웃었잖아? 남정네들의 세상 따위 발 아래 두고 큰 날개 펴고 훨훨 날았었잖아. 너의 시문이 바로 그 흔적인데, 그걸 다 태운다고?

난설헌 부끄러워서.

서왕모 부끄러워서.

난설헌 한없이 부끄러워서. 세상을 태우지 못했으니 나를 태워야지.

여아종 나와 불가로 온다.

난설헌 (여아종을 보며) 저 아이를 봐. 얼마나 어여쁘니.

돌석아범 여아종의 접근을 막으며,

돌석아범 이것아, 저리 가. 불 옮기면 큰 일 나.

여아종 이것아 아니구 이름 있어요.

돌석아범 이름? 니가 무슨 이름?

여아종 부용이.

돌석아범 부용이? 그게 뭐야?

여아종 아씨가 떠나기 전날 밤, 제게 이름을 주셨어요. 어지러운 세상이 될 거라고, 부용꽃처럼 정숙하고 어여쁘게 너를 지키라고. 부용이.

돌석아범 니가 이름이 무슨 소용이야… 저리 가, 이것아.

불이 이제 꺼진다.

돌석아범 (김성립에게) 자, 이제 불도 다 꺼졌습니다. 글쎄 그만 들어가서 쉬세요.

버들이 등장한다. 그 뒤를 따라온 강릉댁 그리고 허균, 황망히 등장한다.

버들이 이봐요, 이렇게 됐어요. 우리 아씨 피눈물이 다 재가 됐어요. 어떡해요?

강릉댁 아씨! (통곡한다)

허균 이 짐승만도 못한 놈들! 이게 무슨 짓이야. 누이의 시를 다 태우다니.

돌석아범 아씨 마님이 제게 직접 남기신 유언을 받든 겁니다.

허균 니가 정녕 내 손에 죽고 싶은 거구나. 뭐라? 다 태우라 했다고?
우리 누이의 피눈물이야. 그걸 다 태워 버렸다고!
(돌석아범의 멱살을 잡았다가, 김성립을 본다. 돌석아범 뿌리치고 김성립의 멱살을 쥐고 흔든다) 니 놈 짓이냐? 니가 시

킨 짓이냐구!

김성립　(황망할 뿐이다)

돌석아범　이러시면 안 됩니다.

김성립이 돌연 허균을 밀어 넘어뜨린다.

김성립　내가 무슨 잘못이야? 니 누나 죽은 게 내 탓이야? 니 누나가 우리 집안 다 망가뜨렸어! 어디 와서 행패야 이 자식아!

허균　으아아악! (달려든다)

김성립과 허균, 엎치락뒤치락 싸운다.

김성립　나두 힘들었어! 나두 힘들었어 이 자식아!

난설헌 안타깝다.

허균　(맹렬히) 니가 사내야? 사내가 되가지고 왜 자기 여자를 지켜주지 못 해! 왜! 살아생전도 모자라서 이게 무슨 짓이냐구! 누이의 시를 다 태우다니!

시어머니, 시아버지 나타난다.

시어머니　이 무슨 망동이오?

허균은 김성립을 뿌리치고, 쓰러진 김성립은 돌석아범이 돌본다.

김첨　다 내 탓이야. 내가 그때 뭐에 씌었나보다. 괜히 내가 이 연을 엮었나보다.

시어머니　(오열을 터트린다. 울음 속에 숨은 많은 말들)

허균이 불자리에 뛰어든다.

허균　누나, 어디 있어? 우리 누나 어디 있냐구! (타다 만 시문을 들어보려 한다)

돌석아범　위험해요. 아직 뜨겁습니다. 나오세요.

강릉댁　서방님 나오세요.

허균　이게 뭐야… (타다 만 재를 가득 손에 담아, 내려다본다. 뜨거운 줄도 모른다) 누나. 내가 이렇게 누나를 보낼 줄 알았어?

난설헌　보내줘.

허균　못 보낸다구!

난설헌　난 내 일을 다 했어.

허균　세상 사람들이 알아야 해! 누이의 시를 돌려달라구!

난설헌　내 상처, 그 흉한 진물을 내보일 게 뭐 있니. 그냥 보내 줘.

허균　아니야! 아니야! 누나 이렇게 가버리면 뭐가 남는 거냐구! 아악! (절규와 함께 난설헌의 시, 타다만 재에 자신의 얼

굴을 묻는다)

강릉댁 서방님!

버들이 아씨!

허균 (재가 얼굴에서 타는 듯하다) 세상 사람들아! 이 몹쓸 사람들아! 내 누이가 왜 떠나야 하느냐!!! 대답 좀 해봐라! 누가 대답 좀 해보아!!!

긴 사이.

아니, 내가 들려줄게. 내 누이의 피 같은 울음을. 그 선지피로 써내려간 시문을 내가, 이 허균이가 당신들한테 들려줄게! 으아아악! (비명 같은 울음)

허균의 안타까운 몸부림! 노래소리 들린다.
여아종의 노래소리!

여아종 구슬 바다 출렁이고
푸른 난새 울음 울 때
스물일곱 연꽃 송이
찬 서리에 떨어지네

사람들 서서히 사라진다. 마지막엔 허균만이 남아있게 된다.

에필로그

자막

1598년(선조 31), 누이가 떠난 지 8년 후, 허균은 명나라 사신 오명제에게 누이의 시를 전하다.

다시 프롤로그의 시점.
허성과 오명제가 허균의 이야기를 다 들었다.
이제 오명제는 허균이 전한 난설헌의 시문 서책을 보고 있다.

허균　8년 전이지만, 지금도 누이만 생각하면 참혹하고 가슴이 저립니다. 누이가 떠나고 난 다음 해, 제가 기억하고 있던 시와 친정에 남아있던 시들을 모았습니다. 시댁 식솔들이 기억하고 있던 시까지 모두 모았습니다. 그래 봐야 겨우 이백 여수 구하였습니다.

오명제, 일어난다. 허균에게 절을 한다.
허균과 허성이 놀란다.

오명제　누이[18]의 시는 빼어나면서도 지나치지 않고 부드러우면

---

18) 명나라 사신 주지번이 중국에서 『난설헌집』을 낼 때 기록한 서문에서 인용하였다.

서도 뼈대가 뚜렷합니다. 신선세계[19]를 다룬 유선사 같은 작품은 당나라 시인들과 어깨를 나란히 합니다. 세속을 초월했고 인간 세상에서 건져낸 글이 아닙니다.
진정입니다.
좌랑의 이러한 일은 단순히 혈육에 연연한 일이 아니라 세상을 위한 일입니다. 그래서 제가 대명의 관복을 입었지만 절을 올린 것입니다.
누이의 시는 폐하에게 잘 전하겠습니다. 심히 영광이며 이 가슴 주체하기 힘들 정도로 감읍할 따름입니다.

허균은 누이의 시문 서책을 보자기에 잘 싸서 오명제에게 전한다. 오명제는 품에 아듯이 소중하게 받는다.
그리고 떠난다.

허균   (허성에게) 형님 고맙습니다.
허성   니가 쌓은 공이다.

허성 먼저 떠나고,
허균 마지막으로 하늘 한 번 우러러 누이를 추억하며, 떠난다.

빈 무대.
어디선가 들리는 목소리. 난설헌이다. 우리에게 시를 선물한다.

---

19) 이 문장은 역시 명나라 사신 양유년의 『난설헌집』 소개 글에서 인용한 것이다.

난설헌 하늘거리는 창가의 난초
가지와 잎 그리도 향그럽더니
가을바람 잎새에 한번 스치고 가자
슬프게도 찬 서리에 다 시들었네
빼어난 그 모습은 시들어져도
맑은 향기만은 끝내 죽지 않으니
그 모습 보면서 내 마음이 아파져
눈물이 흘러 옷소매를 적시네

영사막에 한시가 투사된다.

感遇 (감우)

盈盈窓下蘭 (영영창하란)
枝葉何芬芬 (지엽하분분)
西風一披拂 (서풍일피불)
零落悲秋霜 (영락비추상)
秀色縱凋悴 (수색종조췌)
淸香終不死 (청향종불사)
感物傷我心 (감물상아심)
涕淚沾衣袂 (체루첨의몌)

그리고 시는 다시 노래가 된다. 합창이 된다.
전 출연자가 나와 난설헌과 노래한다.

구슬 바다 출렁이고
푸른 난새 울음 울 때
스물일곱 연꽃 송이
찬 서리에 떨어지네

막이 내린다.
나레이션 흘러나온다. (또는 자막으로 대체한다)

나레이션 허균은 정유재란 말미에 조선을 찾은 명나라 사신 오명
제에게 자신이 외우고 있던 누이의 시 200여 편을 전
하였고, 오명제는 본국에 돌아가 『조선시선』, 『열조시
선』에 난설헌의 시를 실었다. 그리고 다시 8년 후 1606
년 허균은 명나라 사신 주지번, 양유년에게 다시 누이
의 시를 전하였고, 드디어 『난설헌집』이 중국에서 출판
되어 크게 이름을 떨쳤다. 1608년에는 허균이 공주목
사로 있을 때 국내에서도 『난설헌집』이 출판되었고
1711년엔 일본에서도 『난설헌집』이 출판되어 인기를
모았다. 허균은 자신의 반평생을 돌아간 누이의 시집을
펴고 전하는데 바쳤다. 그리고 그 또한 많은 책을 쓰고
남겼다. 그는 신념을 가진 사람이었고, 50세가 되던
해, 역모에 휘말려 안타깝게 이 땅을 떠났다.

[끝]

한국 희곡 명작선 13

허난설헌

초판 1쇄 인쇄일   2019년 1월 16일
초판 1쇄 발행일   2019년 1월 25일

지 은 이   선욱현
만 든 이   이정옥
만 든 곳   평민사
             서울시 은평구 수색로 340 [202호]
             전화: (02) 375-8571(代)
             팩스: (02) 375-8573
             http://blog.naver.com/pyung1976
             이메일 pyung1976@naver.com
등록번호   제251-2015-000102호
 정 가   7,000원

※ 이 책은 사단법인 한국극작가협회가 한국문화예술위
   2019년 제2회 극작엑스포 지원금을 받아 출간하였습니다.